KB235203

톨스토이, 길

Lev Nikolaevich Tolstoi

톨스토이, 길

초판 1쇄 발행_2005년 5월 14일
초판 3쇄 발행_2010년 4월 22일

지은이_레프 니콜라예비치 톨스토이
옮겨엮은이_김욱
펴낸이_이대희
펴낸곳_지훈출판사
공급처_서경서적(02-737-0904)

출판등록일_2004년 8월 27일
출판등록번호_제300-2004-167호
주소_서울시 종로구 필운동 278-5번지
전화_02-738-5535~6
팩스_02-738-5539
E-mail_jihoonbook@naver.com

ISBN 978-89-955883-3-8 03890

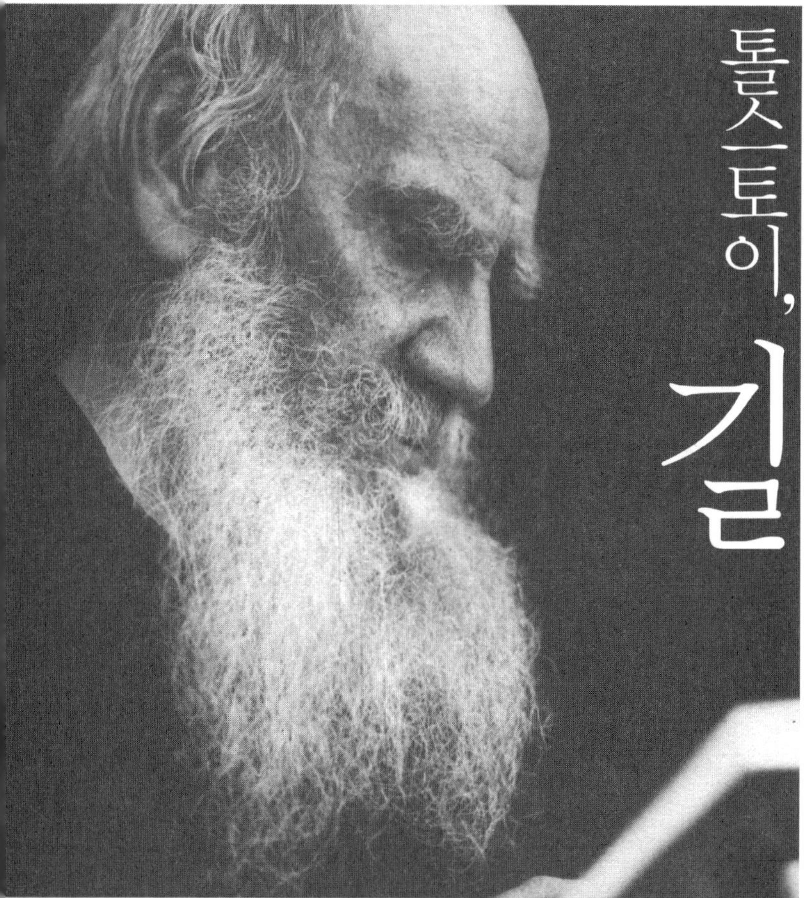

톨스토이, 길

레프 톨스토이 지음 ; 김욱 옮겨엮음

Lev Tolstoi

지훈

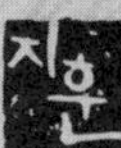

우리가 주어진 삶을 유지할 수 있는 가장 큰 원동력은 삶을 보존하고 있기 때문이 아니라 이 삶에서 무언가 이루고자 노력하기 때문이다.

옮긴이의 말

톨스토이즘이라는 말이 있다. 이 말의 뜻은 자유와 평등, 박애와 사랑이다. 즉 러시아의 위대한 스승인 레프 니콜라예비치 톨스토이(Lev Nikolaevich Tolstoi, 1828~1910)가 여든두 해의 삶을 바쳐 전 인류에게 호소한 가르침이다.

톨스토이즘은 19세기 러시아가 직면한 봉건적 수탈의 강압 속에 시작되었고, 20세기 초반을 피로 물들인 두 번의 세계대전에는 인류가 잃어버린 낙원의 정신으로 사람들의 영혼을 위로했다. 그는 괴테 이후 세계문학을 지배한 소설가였고, 볼테르의 등장보다 더 큰 문화적 각성을 일으킨 사상가였으며, 청년 간디의 삶을 구원한 실천가였다.

그렇다면 무엇이 사후 100년이 다 된 오늘날까지도 우리가 톨스토이의 가르침에 귀를 기울이게 만드는 것일까.

사실 톨스토이의 삶은 그의 위대한 업적과 상당 부분 괴리되어 있다. 톨스토이는 평생 사랑과 헌신을 주창했지만 그의 삶은 태생적으로 희생과는 거리가 멀었다. 그의 가계는 러시아의 전통적인 백작 가문이었고, 어머니는 볼콘스키 공작의 딸이었다. 톨스토이는 죽을 때까지 인간이 인간을 노예로 길들이는 농노제를 가장 증오했지만, 신분적으로 수백 명의 농노를 거느릴 수밖에 없는 대지주였다. 그는 인간의 욕망이 영혼을 타락시키는 원인이라고 분석했지만, 젊은 시절 성욕을 참지 못하고 병적일 정도로 환락가를 들락거렸다. 또 국가와 군대야말로 신에 대한 인간의 무분별한 교만이라고 지적했지만, 한때 포병장교로 근무한 적이 있으며, 러시아와 터키 간에 발발했던 크림전쟁에도 참전하여 훈장까지 받은 인물이었다.

한마디로 그의 전 생애는 자신의 이상과 끊임없이 모순되는 욕망과의 투쟁이었다. 그러나 톨스토이가 이 같은 자기모순적인 기만을 뛰어넘어 인류의 위대한 스승으로 기억될 수 있었던 까닭은 그가 모순된 현실 속에 비뚤어진 삶을 가두지 않고, 구원받아야 될 한 인간의 운명으로 자신의 인생을 희생했다는 데 있다.

역사적으로 많은 예술가와 사상가들이 실제의 삶과 괴리되는 작품으로 인류를 농락했던 예는 수도 없이 많다. 마치 거짓된 이 중성이 예술가의 특권인양 왜곡되었던 시절도 있었다. 하지만 톨스토이는 루소와 같은 소아小兒적인 발상에서가 아닌 진정한 자기 성찰을 통해 스스로를 참회했고, 선각자적인 독선이 아닌 평등한 인류의 형제로 자신의 삶을 변화시켰다. 이 과정에서 그를 인도한 가장 큰 힘은 바로 그리스도의 가르침이었다. 톨스토이는 그리스도를 종교적인 관점에서 인류를 심판할 절대권능의 신으로 인정하지 않았다. 그에게 그리스도는 사랑이었고 영원한 구원이었다. 모든 인간이 추구해야 할 목적이었으며, 또한 반드시 도달해야 할 의무였다. 톨스토이가 교리적인 러시아 정교회와 끊임없이 마찰을 빚었던 이유도 러시아 정교회가 핍박받는 러시아 민중을 위로하기는커녕 그들에게 더 큰 채찍과 짐을 짊어지게 하는 데 분노를 느꼈기 때문이었다.

톨스토이는 국민을 위해 존재하는 국가가 국민을 수탈하는 데 분노를 느꼈고, 민중을 사랑하기 위해 존재하는 교회가 민중을 억압하는 데 분노를 느꼈다. 그리고 무엇보다도 가난한 이웃들을 각성시켜야 할 예술가들이 그들만의 세계에서 군림하는 데 말할 수 없는 분노를 느꼈다. 이 같은 분노와 회의가 성공한 소설가에 안주하던 자신의 삶을 돌이키는 계기가 되었고, 결국 「고백」을 통해 톨스토이는 거듭나게 된다.

어쩌면 톨스토이의 생애가 보여준 이 같은 각성과 실천이야말로 그의 작품 속에 기록된 한마디 문장보다 더 큰 울림으로 인류의 가슴을 적신 감동이었는지도 모른다.

그의 삶과 문학을 통해 우리들은 앞으로도 수많은 감동과 깨달음을 얻게 될 것이다. 비록 오늘날 톨스토이가 생존했던 시절보다 국가의 권력은 더욱 막강해졌고, 인간간의 믿음은 형체를 알아볼 수 없을 정도로 희미해졌지만, 우리의 영혼 속에 각인된 보편적인 진리의 가르침이 다시 한 번 톨스토이의 위대한 성찰에 힘입어 되새겨지길 간절히 소망해본다.

2005년 4월

김 욱

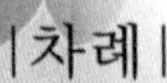

|차례|

영혼의 길

진리의 길

Lev Nikolaevich Tolstoi

인생의 길

기뻐하라! 인생에 부여된 사명은 기쁨이다. 하늘을 향해, 저 태양을 향해, 멀리 떨어진 행성 한가운데서 빛나는 별을 향해, 풀을 향해, 나무를 향해, 동물을 향해, 인간을 향해 기쁨의 노래를 바쳐라. 이 기쁨이 사라지지 않도록 주의하라. 만에 하나 너의 인생에서 이 같은 기쁨이 사라졌다면 그것은 네가 어딘가에서 길을 잃었기 때문이다. ☜

진정한 삶의 순간

오늘날 이 세계를 살아가는 사람들은 진리에 대한 아무런 동경 없이, 또 진리를 깨닫고자 하는 의욕도 없이 그저 삶을 지속시키며 살아가고 있다. 나는 모든 가치 없는 것 중에서도 가장 가치 없는 것은 바로 인간의 삶을 애써 규정하려고 진리를 탐구하는 지식이라고 굳게 믿는다.

🌿 내 신앙의 귀결

우리가 인생이라고 부르는 것, 즉 태어난 후 시작되는 한 인간의 생존은 결코 그의 인생이 아니다. 태어난 후 지금까지 삶을 지속해왔다는 그의 관념은 꿈과 현실을 혼동하는 착각과 비슷한 것이다. 우리는 잠에서 깨어날 때까지 눈앞에 펼쳐진 환상을 꿈이라고 생각하지 않는다. 잠에서 깨어났을 때 한동안 우리의 정신이 의식했던 세계가 그저 꿈에 불과했다는 진실을 깨닫는다. 그와 마찬가지로 이성적인 의식이 저 깊은 인습의 수면에서 스스로 깨어나기 전까지 어떤 인생도 결코 인생이 아니다. 지나간 인생에 대한 기억은 오직 한 인간의 순수한 이성적 의식이 깨어났을 때 비로소 시작된다.

🍎 인생에 대하여

기뻐하라! 인생에 부여된 사명은 기쁨이다. 하늘을 향해, 저 태양을 향해, 멀리 떨어진 행성 한가운데서 빛나는 별을 향해, 풀을 향해, 나무를 향해, 동물을 향해, 인간을 향해 기쁨의 노래를 바쳐라. 이 기쁨이 사라지지 않도록 주의하라. 만에 하나 너의 인생에서 이 같은 기쁨이 사라졌다면 그것은 네가 어딘가에서 길을 잃었기 때문이다.

🍎 일기

인생은 결코 재미로 즐기는 놀이가 아니오. 나의 의지로 삶을 버릴 권리는 우리에게 주어지지 않았소. 단지 시간의 길이로 인생을 측정하려는 것은 어리석은 짓일 뿐이오.

🍎 아내 소피야에게 보낸 마지막 편지

수많은 사람들이 비좁은 도시에 모여 살며 닥치는 대로 자연을 망가뜨려도, 한 포기의 풀도 자라지 못하도록 아스팔트를 깔거나, 나무를 뽑아버리거나, 석탄과 석유로 공기를 오염시켜도, 때마다 찾아오는 철새와 짐승들을 모두 내쫓아도 다가오는 봄을 막을 수는 없다.

❧ 부활

인간의 생활은 시간—즉 과거와 미래—의 연속이라고 사람들은 생각한다. 그러나 이는 아주 단편적인 지식에 불과하다. 진정한 인간의 삶은 시간의 연속이 아니라 과거와 미래로 연결된 한 극점, 소위 현재라는 개념으로 이해되는 무한한 삶의 반복이 어느 날 문득 아주 보잘것없고 초라하게 느껴질 때가 있다. 그때가 바로 진정한 삶의 순간이다.

❧ 인생의 길

인간은 타인을 이용해 자신의 이득을 얻을 뿐 아니라 타인을 위해서도 일해야 할 의무가 있다. 이것이 우리가 이웃과 함께 사는 이유인 것이다.

❧ 내 신앙의 귀결

동물과 달리 과거를 기억하거나 미래를 상상하는 능력이 인간에게 허락된 까닭은 과거 또는 미래에 대한 고민으로 현재의 모습이 보다 올바르게 결정되기를 원하기 때문이다. 지나간 과거와 다가올 미래에 대한 고찰을 통해 인간은 현재 자신의 행위를 올바르게 판단할 수 있다. 이것은 과거를 슬퍼하거나 미래를 준비하기 위한 과정이 아니다.

✿ 인생의 길

삶의 진정한 의미는 세계와의 관계에서 찾을 수 있다. 생의 지속적인 운동은 끊임없이 유지되는 관계의 설정과 같다. 그러므로 죽음 역시 새로운 관계가 설정되는 시작이다.

✿ 인생에 대하여

삶의 그 진정한 모습을 깨달았다고 자부하는 자가 병에 걸리거나, 혹은 나이를 먹었다고 '이제 여생이 얼마 남지 않았다'고 한탄하며 슬퍼하는 것은 빛을 향해 나아가던 인간이 빛과 좀더 가까워질수록 자신의 그림자가 작아지는 것을 보고 한탄하는 모습과 똑같은 의미이다. 육체의 소멸을 지켜보면서 자신의 삶도 곧 소멸할 것이라고 생각하는 것은 빛의 광채 속에서 물체의 그림자가 사라지는 모습을 보고 물체가 소멸한 증거로 받아들이는 것과 동일한 의미이다. 이처럼 우리가 각자의 삶에 내리는 결론은 대부분 자신의 그림자만을 쫓다가 마침내 그 그림자를 자신과 혼동한 결과인 경우가 많다.

🍎 인생에 대하여

시간은 존재하지 않는다. 또는 오직 순간으로 나열될 뿐이다. 그리고 이 한순간에 우리의 모든 생활이 담겨 있다. 그러므로 이 한순간에 우리는 모든 힘을 쏟아부어야 한다.

🍎 인생의 길

인간의 마음에 앙금처럼 남는 인생의 유일한 목적은 자기 자신의 행복이다. 하지만 오직 자기 자신을 위한 행복이라는 것은 이 세상에 존재하지 않는다. 예를 들어 행복과 비슷한 어떤 감정이 인생에 존재할지라도 그 감정이 단지 자신에게만 비롯된다면 그것은 하나의 동작, 하나의 호흡이 이루어질 때마다 고뇌, 불행, 죽음, 멸망을 향해 돌진하는 충동이 된다.

🍎 인생에 대하여

죽음과 고통이 인간의 눈에 재난으로 비치는 이유는 인간이 육체적·동물적 생존의 법칙을 삶의 법칙으로 잘못 인식했을 때뿐이다.

그가 인간이면서도 스스로 동물의 생존을 선택할 때 그는 죽음의 고통을 짐작하곤 두려움에 쫓기게 된다.

🍎 인생에 대하여

자기 자신을 알고 싶다면 내가 지금 무엇을 하고 있는지 살펴보라. 본인이 얼마나 어리석은 존재인지 곧 깨닫게 되리라.

🍎 인생의 길

8월 5일, 죽음을 향해 나아가는 자의 말은 깊이 새겨두는 것이 좋다. 게다가 우리는 날마다 죽어가는 존재들이 아닌가.

"그는 무릎을 꿇고 눈물을 흘리며 기도문을 읽었다. 그리고 자신을 구원해달라고 하나님께 부르짖었다. 하지만 그의 마음 한구석에서는 이런 기도가 쓸데없는 짓이며, 그 무엇도 자신을 구원할 수 없다는 것을 느끼고 있었다."

🍎 최후의 일기

삶은 결코 소멸되지 않는다. 인간의 삶이란 시간과 공간을 초월한 생명이다. 그러므로 죽음은 다만 삶의 형식을 바꾸는 것에 지나지 않는, 즉 이 세상의 삶이 중단되는 것에 불과하다.
자살에 대하여

순수하고 완전한 슬픔은 순수하고 완전한 기쁨과 마찬가지로 역시 불가능하다.
전쟁과 평화

최고의 행복은 1년이 지난 뒤 자신이 좀더 발전했다고 느낄 때이다.
인생독본

만일 어떤 인간이 주변에 타인이 생존하고 있다는 사실을 망각한 채 쾌락은 결코 만족을 대신할 수 없다는 사실을 믿지 않고, 또는 머지않아 자신이 죽게 된다는 진리마저 잊고 싶어 한다면 그는 '자신'이 살아 있다는 것을 분간하지 못하는 인간이다.
인생에 대하여

인간은 의식적으로 자기를 위해 생활하지만, 무의식적으로는 역사적·인류적 목적을 달성하기 위한 도구로 쓰이고 있다. 한번 선택한 행위는 다시 되돌릴 수 없다. 그리고 그 같은 행위가 다른 수백만 명의 행위와 시간적으로 일치되는 경우 역사적 의의를 갖게 된다. 한 개인의 사회적 신분이 높아질수록, 그리고 많은 사람들과 관계를 맺게 될수록 다른 사람에 대한 그의 권력은 증대하며, 그가 스스로 결정한 것처럼 여겨지는 선택도 실은 사전에 계획된 선택이었음이 명확해진다.

"황제의 마음도 하나님의 것이다."

황제는 백성을 노예로 부리지만, 그도 역사의 노예에 불과하다. 역사, 즉 인류의 무의식적인 집단생활은 비록 황제일지라도 결국 하나님이 정하신 목적을 위한 도구에 지나지 않는다.

🍎 전쟁과 평화

역사적인 사건에 등장하는 영웅은 사건의 의미를 부여하는 레테르일 뿐이다. 다시 말해 레테르와 마찬가지로 사건의 진실과는 거의 상관이 없다.

🍎 전쟁과 평화

역사적 사건의 원인이란 무엇인가. 이 문제에 대한 해답은 다음과 같다. 세계적인 사건의 발단은 개인의 힘에 의해 결정되는 것이 아니라 그 사건에 관여한 모든 사람의 자의적인 동의에 의해 결정되는 것이다. 즉 이 같은 발단이 나폴레옹 같은 한 개인의 영향 아래 존속되어 있는 것처럼 보일지라도 그것은 다만 외형일 뿐 실제로는 한 사회의 전체 구성원에게 영향을 받는 것이다.

전쟁과 평화

2월 15일, 늦잠을 잤다. 비류코프에게 편지를 썼다. 낯선 노동자 한 명이 찾아와서 계속 땅바닥에 앉아 있으면 안 되겠느냐고 물었다.

나는 산다는 것에 지쳤다. 의미도 잃었다. 그것은 생활이 악이라는 사실을 요즘 들어 더욱 절실하게 느끼기 때문이다. 생활이 악하다는 것은 우리들 인간이 애초부터 악한 존재였다는 반증이다. 만일 우리들 인간이 원치 않아도 선해질 수 있다면 이 지긋지긋한 삶에도 한줄기 빛이 비추게 될 것만 같다.

최후의 일기

역사의 법칙을 연구하고 싶다면 지금까지 관찰해온 대상을 모두 바꿔야 한다. 예를 들어 황제나 장관에 관한 연구 대신 대중의 감성을 이끄는 요소가 무엇인지 연구해야 한다. 물론 위와 같은 방법으로도 인간이 어느 정도로 역사적 법칙을 이해할 수 있는가는 파악되지 않는다. 하지만 역사적 법칙의 실체를 파악하는 방법이 오직 이것밖에 존재하지 않는다는 것도 분명한 사실이다.

🍎 전쟁과 평화

시간이 흐른다는 말이 있다. 그런데 이것은 분명 잘못된 생각이다. 흐르는 것은 우리들 자신이지 결코 시간이 아니다. 하지만 우리들이 배를 타고 강을 거슬러 올라갈 때 마치 흐르는 것은 물결이며, 우리는 그저 가만히 멈춰 있는 것처럼 느낀다. 시간도 이와 비슷하다.

🍎 인생의 길

동물적인 행복에서 탈피하는 것은 인생이 지닌 가장 아름다운 법칙이다.

🍎 인생에 대하여

동물이 눈앞의 행복을 목적으로 하지 않고 저지르는 행동, 다시 말해 자기 자신의 욕망과 정면으로 대립하는 행동을 저지른다는 것은 생의 부정과 동일한 의미가 된다. 그러나 인간의 경우에는 이런 뜻하지 않은 행동이 정반대의 의미를 갖고 있다. 인간사회에서는 한 개인의 행복을 위해 수반되는 모든 행동이 인류 전체의 삶을 위협하는 완전한 부정으로 받아들여지는 것이다.

물레방아는 곡식을 빻을 때 필요하다. 인생에 주어진 시간은 삶을 훌륭한 것으로 만들기 위해 필요하다.

인간의 생활이란 아침에 눈을 떠서 저녁에 잠들 때까지 지속되는 행위의 연속이다. 사람은 매일같이 자신이 실천할 수 있는 무수한 행위 속에서 꼭 해야 할 행위를 찾아 선택하는 수밖에 없다.

5월 4일, 식사 전에 오래간만에 숲을 산책하고 돌아왔다. 여전히 생존하고 있는 '보이지 않는 힘'에 크나큰 만족을 느꼈다. 자살에 대한 글을 쓰고 싶었지만 책상에 앉자마자 금세 아무 생각도 나지 않는다. 또다시 사치스러운 생활의 괴로움과 귀족적인 인식의 안일함에 절망한다. 모든 사람이 힘들게 수고하는데 오직 나만은 여전히 빈둥거리고 있다. 괴롭고 마음이 쓰리다. 주여, 내게 힘을 주시옵소서. 이 생활의 고통에서 벗어날 수 있는 길을 찾아낼 때까지……. 중요하고 믿을 만한 길을 아직 찾지 못했더라도 우리는 항상 감사해야 한다. 나는 이 절망처럼 다가온 하루를 진실로 감사드린다.

🍎 최후의 일기

지금 건강이 별로 좋지 않은 것 같다, 또는 건강이 회복된 후에나 할 수 있을 것 같다, 특히 걱정스러운 점은 그 일이 가뜩이나 좋지 못한 나의 건강을 해칠 것 같다고 핑계를 늘어놓을 때마다 인간은 범죄의 유혹에 시달리게 된다. 핑계와 걱정은 지금 주어진 일에 만족하지 못하고 있음을 스스로 고백하는 것이다.

🍎 인생의 길

개인의 행복을 버릴 수 있다는 말은 미덕이 될 수 없다. 다만 인간의 힘으로 벗어던지기 힘든 조건일 뿐이다.

"진실로 네게 이르노니 사람이 거듭나지 아니하면 하나님 나라를 볼 수 없느니라"고 그리스도는 가르쳤다. 이것은 말 그대로 인간이 두 번 태어나야 한다는 뜻이 아니라 인간은 필연적으로 두 번의 탄생을 겪게 된다는 진리를 가르친 말씀이다. 인간이 진정한 생명을 누리기 위해서는 반드시 이 생존의 기간 중에 또 다른 출생을 겪어야만 한다. 그것은 바로 이성적 의식에 의한 영혼의 인지이다.

만일 오늘 그 일을 해야 한다면 그것을 절대로 미뤄서는 안 된다. 왜냐하면 당신이 그 일을 언제 끝마칠 것인지 죽음은 고려하지 않기 때문이다. 죽음은 누구도, 무엇도 기다리지 않는다. 그러므로 인간에게 가장 중요한 것은 지금 그가 하고 있는 일이다.

내일은 아예 생각하지 않는 편이 낫다. 내일을 생각하지 않기 위해서는 한 가지 방법밖에 없다. 오늘 이 시간, 지금 이 순간만을 축복으로 여기는 것이다.

인생에서 가장 중요한 일은 사랑이다. 그런데 사랑한다는 것은 과거에도 불가능했고, 또 먼 미래에도 불가능하다. 사랑한다는 것은 오직 현재, 바로 지금 이 순간에 가능한 일이다.

인간은 모두 자신의 행복을, 오직 나 자신의 행복만을 바라며 살고 있다. 인간이 스스로의 행복을 추구하지 않는다면 그는 자신이 살아 있다는 것조차 느끼지 못하는 것이다. 행복을 바라는 마음 없이 인생의 의미를 자각할 수는 없다. 모든 사람에게 산다는 것의 의미는 행복을 바라는 소망이며, 행복을 쟁취하는 삶이야말로 유일한 행복이다. 즉 행복을 소망하면서 행복을 얻는다는 것은 인생의 또 다른 이름이다.

달이 밝게 떠오른 밤이면 삶에 대한 벅찬 희열에 들떠 잠을
이룰 수가 없다. 결국 동이 틀 때까지 정원을 거닐며 앞으로의
삶에 대한 이런저런 공상에 잠기게 마련이다.
❦ 부활

우리들이 저지른 행위의 결과를 정작 우리들 자신은 알지
못한다. 왜냐하면 우리들이 저지른 행위의 결과는 무한한 세계
와 무한한 시간 속에 무한하게 이어지기 때문이다.
❦ 인생의 길

사람은 자신이 태어나는 것이 아니라 항상 존재해왔으며,
지금도 존재하고 있고, 앞으로도 계속 존재할 것이라는 이 자
명한 인식을 획득했을 때만이 비로소 자신이 영원히 사멸할 수
없는 존재임을 깨닫게 된다. 인간은 자기의 생명이 단순한 물
결이 아니라 영원한 파동이라는 것을—그 영원한 파동이 물결
을 따라 생명이 되어 우리 눈앞에 드러난 것에 지나지 않음
을—이해했을 때 마침내 생명의 불사不死를 인정하게 된다.
❦ 인생에 대하여

'지금 내가 처한 상황에서 나는 아무것도 할 수 없다'라고 우리는 자기 자신에게 변명하곤 한다. 하지만 삶의 근본이 되는 내적 활동은 언제든지 가능하다. 예를 들어 당신이 감옥에 갇혔을지라도, 병에 걸렸을지라도, 모든 활동을 금지당했을지라도, 혹은 수치를 당하며 박해를 당할지라도 당신의 내면은 끊임없이 사고하며, 끊임없이 감정을 생산하고 있다. 즉 당신은 머릿속으로 타인을 책망하거나 비난하거나 원망하거나 증오할 수 있으며, 또 마음속으로 이들 감정을 억제할 수 있는 것이다. 그러므로 생활의 모든 순간은 각자의 것이며, 누구도 당신에게서 당신의 생활을 빼앗을 수 없다.

🖐 인생의 길

미래를 예측하는 것은 쓸데없는 짓이다. 오직 지금 이 순간 자신과 타인의 생활을 위해 헌신해야 한다. 그런 의미에서 "내일 일은 내일 염려하라"(마태복음 6장 34절)는 성서의 말씀은 위대한 진리이다. 미래를 위해 무엇을 해야 하는가. 그것은 절대로 인간이 헤아릴 수 없는 영역이다. 그렇기에 인생은 멋진 것이다.

🖐 인생의 길

Memento Mori는 '죽음을 기억하라' 는 라틴어이다. 나는 이 짧은 금언을 되새길 때마다 참으로 많은 것을 생각하게 된다. 우리는 필연적으로 언젠가 죽을 수밖에 없는 존재들이다. 만일 우리가 이 자명한 진리를 잊는다면 우리의 생활은 완전히 파괴될 수밖에 없다. 만약 어떤 사람이 삼십 분 후 자신이 죽게 된다는 사실을 알게 되었다고 가정하자. 그 삼십 분 동안 그는 과연 무엇을 할까. 어리석은 짓, 쓸데없는 짓, 범죄를 저지를까, 아니면 이 마지막 삼십 분 동안 지나간 삶과 앞으로 마주치게 될 미지의 세계를 궁구하게 될까. 많은 사람들이 이 어리석은 질문의 답을 알고 있다. 하지만 이것이 삼십 분이 아닌 오십 년 혹은 칠십 년이라고 가정했을 때 많은 사람들이 어리석은 대답을 선택하고 있다.

🍎 인생의 길

시간은 우리의 뒤와 앞에 존재할 뿐 우리의 곁에는 존재하지 않는다. 그러므로 사람이 과거나 미래에 집착하다 보면 지금 가장 중요한 것들, 즉 현재의 생활을 상실하게 된다.

🍎 인생의 길

그녀는 자신의 삶을 위해 가장 훌륭하고 가장 위대한 사업을 완성했다. 그녀는 후회도 공포도 없이 죽음을 맞이했다.

죽음에 대한 인간의 공포는 육체의 사멸과 더불어 삶의 행복을 빼앗길지도 모른다는 잘못된 관념에서 비롯된 것이다. 만일 사람이 이웃의 평안을 자신의 행복으로 받아들일 수 있다면, 자신의 생명을 위하는 것 이상으로 이웃의 삶을 존중한다면 죽음은 더 이상 이기적인 욕망의 노예가 된 인간에게 공포로 다가올 수 없을 것이다. 타인과 생명을 공유할 수 있는 인간에게 죽음은 결코 '행복과 삶의 단절'로 여겨지지 않는다. 마찬가지로 죽음은 타인을 위해 자신을 희생한 인간에게 '행복과 삶의 파멸'로 받아들여지지 않을 것이다.

산다는 것은 곧 죽음을 의미한다. 훌륭하게 살았다는 것은 훌륭하게 죽었다는 뜻이다. 그러므로 인간은 훌륭한 죽음을 위해 노력해야 한다.

오직 자기 자신만을 사랑하는 인간은 타인과의 투쟁을 통해 더욱 깊숙이 이기적인 자아로 몰락해간다. 우리가 고통을 피하려고 몸부림을 칠수록 우리의 육체를 옭아맨 사슬은 더욱 고통스럽게 우리의 영혼을 옥죈다. 죽음으로부터 도망치기 위해 더 빨리 달아날수록 등 뒤에 펼쳐진 죽음의 그림자가 더욱 두려워진다.

🍎 인생에 대하여

죽음은 공포가 아니다. 거짓된 삶이야말로 가장 심각한 공포라는 가장 확실한 증거는 때때로 인간이 죽음의 공포 때문에 스스로 목숨을 끊는 경우에서 찾을 수 있다.

🍎 인생에 대하여

인간이 죽음을 인식하는 것은 이 세계에서 그의 참된 생활이 더 이상 지속될 수 없다는 사실을 깨달았기 때문이다. 그가 결핵을 앓거나, 암에 걸리거나, 총살되거나, 폭탄에 맞았기 때문이 아니다.

🍎 인생에 대하여

5월 5일, 또 늦잠을 잤다. 사고력이 점점 약해진다. 아무것도 쓰지 못한 채, 아무 일도 하지 못한 채 하루의 시간이 소모되고 있다. 프랑스인들이 쓴 오래된 고전을 읽었다. 보아티, 몽테스키외, 라로슈푸코 등. 그리고 또 산책을 했다. 하지만 기분이 좋았다고는 말할 수 없다. 잠이나 더 자두자. 중요한 것은 의식적으로 아무것도 하지 않을 때이다. 내가 해야 될 일은 모두 끝난 것인지도 모른다. 앞으로는 더 이상 살아가면서 이 같은 다짐이 훼손되지 않도록 주의해야 한다. 그리고 무엇보다 중요한 것은 하나님을 믿고 따르는 확신이다. 그만 자야겠다.

❦ 최후의 일기

죽음에 대한 두려움은 환영에 대한 두려움이다. 존재하지 않는 세계를 두려워하는 것이다.

❦ 인생의 길

죽음에 대한 공포는 사람들이 잘못된 관념에 의해 한정된 삶의 일부를 인생의 전부로 착각하는 데서 비롯된다.

❦ 인생에 대하여

귓가를 파고드는 천둥소리는 번개가 떨어진 이후에 발생한 음향이다. 그렇기 때문에 우리가 천둥소리를 감지했을 때 이미 번개에 맞아 죽을 위험은 사라진 것이다. 그럼에도 불구하고 우리는 천둥소리가 들릴 때마다 두려움에 떨며 숨을 곳을 찾는다. 죽음도 이와 마찬가지다. 삶의 진실한 의미를 확인하지 못한 인간은 죽음과 함께 모든 것이 사라진다고 생각한다. 그래서 그는 죽음을 두려워하고, 죽음으로부터 도망치고자 방황한다. 마치 어리석은 인간이 천둥소리에 놀라 숨을 곳을 찾는 것처럼 말이다.

🍎 인생의 길

우리가 주어진 삶을 유지할 수 있는 가장 큰 원동력은 삶을 보존하고 있기 때문이 아니라 이 삶에서 무언가 이루고자 노력하기 때문이다.

🍎 인생에 대하여

살과 피를 요구하는 고뇌 없이 정신은 열매를 맺지 않는다.

🍎 우리는 무엇을 해야 하는가

5월 10일, 밤 아홉시다.

오늘은 수면 시간이 적었지만 상쾌한 기분으로 일어났다. 아침부터 많은 생각을 할 수 있었다. 덕분에 아침을 먹기 전에 하루 분량의 원고를 모두 썼다. 그리고 또 산책. 육체적으로 나약해졌기 때문에 걷는 것조차 약간 힘이 들었지만, 여러 가지 중요한 생각을 정리하는 데는 아무런 문제도 없었다. 『세상에 죄인은 없다』와 그밖에 몇몇 작품을 어떻게 마무리해야 할지 분명해졌다.

🍎 최후의 일기

죽음, 그것은 우리들의 영혼이 뒤집어쓰고 있는 외부의 껍질이 변화된 것을 뜻한다. 껍질과 그 속에 들어 있는 알맹이를 혼동해서는 안 된다.

🍎 인생의 길

죽음을 망각한 생활과 시시각각 다가오는 죽음을 의식하는 생활은 동물의 생존과 하나님의 자존自存을 비교하는 것만큼이나 어리석은 대비이다.

🍎 인생의 길

우리는 보통 죽어서는 안 될 때 인간이 죽는다고 생각하지만, 그것은 망상에 지나지 않는다. 사람이 죽는 것은 죽음이 그를 위해 반드시 필요할 때 이루어진다. 그것은 마치 어린아이가 어쩔 수 없이 성인이 되어야만 하는 것과 마찬가지이다.

인생에 대하여

사후세계의 존재 여부에 대한 의문은 시간의 제약을 받고 있는 인간의 육체적 사고양식에서 시작된 것인지, 아니면 모든 존재에게 일정한 분량으로 주어지는 불가결한 조건인지에 대한 의문이라고 할 수 있다.

우선 시간이 모든 존재에게 불가결한 조건으로 인식될 수 없다는 점은 시간이 포함할 수 없는 것, 즉 현재의 삶을 우리가 외면적인 시간의 흐름으로 받아들이지 않고, 자신의 내면에서 일정한 기간으로 변환하여 인식한다는 점으로 반증할 수 있다. 그러므로 사후세계가 존재하느냐에 대한 의문은 시간을 인식하는 우리의 관념과 현재 진행되는 삶의 의식 중 어느 것이 현실적인가를 묻는 질문과 같다.

인생의 길

　　사람은 누구나 자신의 쾌락은 타인의 고통으로 가능해진
다는 사실을, 자신이 겪는 고통은 자신이 원하는 쾌락에 필요한
어쩔 수 없는 희생임을, 상실 없이는 쾌락도 존재할 수 없다는
진리를, 고통과 쾌락은 한쪽이 다른 한쪽의 시작이며, 한쪽이
다른 한쪽의 결과가 될 수밖에 없다는 사실을 깨달아야 된다.

인생에 대하여

　　죽음보다 더욱 확실한 것은 우리들 모두에게 죽음이 찾아
온다는 사실이다. 죽을 수밖에 없는 인간의 숙명은 내일이라는
하루의 시간보다, 낮이 지나면 밤이 온다는 경험보다, 여름이
끝나면 겨울이 시작된다는 절기보다 더욱 절실한 진실이다. 그
럼에도 우리는 왜 내일이나 밤이나 겨울에 대해서는 준비하면
서 죽음에 대해서는 준비하지 않는 것일까. 인간은 항상 죽음
을 떠올려야 한다. 죽음에 대한 준비는 오직 한 가지, 보다 나
은 삶을 지향하는 것뿐이다. 보다 나은 삶을 살수록 죽음에 대
한 인간의 공포는 사라지고 좀더 자연스럽게 숙명을 받아들일
수 있게 된다.

인생의 길

사람들이 죽음을 두려워하는 까닭은 그들에게 죽음이란 공허와 암흑의 또 다른 이름이기 때문이다. 그러나 그들이 공허와 암흑을 두려워하는 까닭은 도처에 흩어진 자신의 삶을 보지 못하기 때문이다.

육체의 죽음은 공간적 육체와 시간적 의식을 멸망시키지만, 삶의 근간을 이루는 토대―세계와 각 존재 사이에 이룩되는 특수한 관계마저 깨뜨리지는 못한다.

인간의 의무를 방해하는 질병이야말로 가장 악질적인 질병이다. 우리는 이 질병들과 싸워야만 한다. 노동으로 사람들에게 봉사할 수 없다면 고통을 이겨내는 모습을 통해서라도 사람들에게 봉사하도록 노력해야 한다.

고통이 허락한 은혜를 감사하지 않는 자에겐 이성도 없다.

동물과 동물로서의 인간은 끝없는 고통의 반복이다. 동물과 동물로서의 인간이 저지르는 활동은 항상 고통을 수반한다. 고통은 병적인 감각이지만, 그 병적인 감각을 제거하기 위해 어쩔 수 없이 우리가 선택하는 활동 또한 병적인 쾌락을 수반하고 있다. 쾌락 역시 고통과 마찬가지로 병적인 감각인 셈이다. 동물과 동물로서의 인간은 고통에 의해 파괴되지 않으며, 오히려 고통에 의해 비로소 완성된다. 그러므로 고통은 신이 인간을 비롯한 모든 생명에게 허락한 유일한 과정이며, 결코 사라지지 않는 유일한 길이다.

🍎 인생에 대하여

육체의 고통은 인간의 생활과 행복을 위한 필요 불가결한 조건이다.

🍎 인생에 대하여

자기희생과 그에 따른 번민은 사상가와 예술가의 숙명일지도 모른다. 이 같은 희생과 번민을 통해 사람들은 행복해지기 때문이다.

🍎 우리는 무엇을 해야 하는가

네플류도프는 그럴 리가 없다고 생각했다. 그러나 자신의 눈앞에 서 있는 피고는 분명 고모 집에서 양녀로 대접받으며 일하던 하녀 마슬로바가 틀림없었다. 한때 사랑했으나 미칠 듯한 욕정을 견디지 못하고 범했던 여자, 그리고 아무런 죄책감 없이 버렸던 여자. 네플류도프는 그녀와 헤어진 뒤 지금껏 단 한 번도 눈앞에 서 있는 저 여자에 대해 생각해본 적이 없었다. 스스로 인격자라고 자부하는 네플류도프로서는 자신의 비열한 이 행동을 머릿속에서 지워버리고 싶었던 것이다.

🍎 부활

만일 모든 인간이 정신적인 노동을 통해 타인에게 봉사해야 할 의무를 갖는다면 인간은 이 의무를 수행하는 과정에서 엄청난 괴로움을 맛보았을 것이다. 왜냐하면 정신적인 세계는 항상 산모의 진통처럼 고뇌를 수반하기 때문이다.

🍎 우리는 무엇을 해야 하는가

훌륭한 업적을 남기는 것보다 더욱 중요한 일은 사람들에게 훌륭한 인간으로 기억되는 것이다. 자신의 이름을 오래도록 남기는 것보다 더욱 중요한 일은 누군가 나의 이름을 떠올렸을 때 어떤 결점도 생각나지 않는 것이다. 인간의 영혼은 유리로 만든 잔 속에 살고 있다. 인간은 자신의 선택으로 이 잔을 더럽힐 수도 있고 또 깨끗하게 보관할 수도 있다. 이 잔이 깨끗하게 보관될수록 영원한 진리는 이 유리잔을 통해 더욱 밝게 빛난다.

좋은 일은 언제나 갑자기 찾아온다

인간의 생활이 노동으로 충족될 수 있다면 그에게 방이나 가구 또는 여러 가지 아름다운 의상은 더 이상 필요치 않게 된다. 호화로운 만찬도 필요 없으며 마차나 말, 오락을 인생의 전부로 여기는 어리석음도 필요 없게 된다.

🍎 우리는 무엇을 해야 하는가

그는 구걸하러 온 거지에게 1루블을 던져주는가 하면, 하인들에게 팁으로 15루블을 주기도 했다. 그곳 사람들은 여태까지 셴보크처럼 씀씀이가 큰 사람은 본 적이 없었다. 나중에 알고 보니 셴보크는 20만 루블이라는 엄청난 빚을 지고 있었는데 그에게는 그만한 돈을 갚을 능력이 없었고, 따라서 15루블 정도는 돈으로 생각하지도 않았던 것이다.

🍎 부활

자신이 타인을 위해 감수한 노동보다 더 큰 노동을 타인으로부터 착취하는 것은 죄악이다. 하지만 자신이 타인을 위해 얼마나 많은 노동을 희생했는지, 또는 타인으로부터 얼마나 많은 노동을 착취하며 살아왔는지를 계산하는 것은 불가능한 일이다. 게다가 언제 어느 때 병에 걸려 죽게 될지 모르는 운명이므로 두 팔에 기운이 남아 있는 한 인간은 내가 아닌 다른 누군가를 위해 일해야 한다. 그리고 되도록 타인의 것을 적게 취하도록 주의해야 한다.

🍎 인생의 길

인생에 절대적으로 필요한 노동에서 방출된 부자들의 생활은 한마디로 광기로 뒤덮인 얼룩이다. 인간은 일하지 않으면, 그리고 모든 인간의 삶에 보편적으로 기록된 규칙을 동일하게 수행하지 않으면 결국 광기에 휩쓸리게 된다. 이런 사람들의 육체에서는 지나치게 많이 먹은 가축들, 예를 들어 말이나 개, 돼지의 몸뚱어리에서 일어나는 변화와 똑같은 현상이 발생한다. 즉 그들은 왜 이렇게 자신이 날뛰는지 모른 채 하루 종일 거리를 헤매며 돌아다니는 것이다.

🍎 인생의 길

성공을 결정짓는 가장 핵심적인 조건은 인내다. 그리고 성공의 가장 큰 장애는 조급함이다.

부자는 단 한순간도 편안한 마음으로 지낼 수 없다. 항상 자신의 재산이 염려 되고, 재산이 늘어나면 늘어날수록 더 큰 마음고생에 시달리기 때문이다.

그로 인해 많은 부자들이 타락과 낭비와 허영에 빠져 삶을 포기하곤 한다. 그나마 이런 유혹에 빠지지 않은 자들도 상당수는 소수의 인간사회, 즉 자신과 똑같은 상류층에서만 활동할 수 있기 때문에 세상물정 모르는 한심스러운 작자가 되어버린다.

부자는 다른 사람들, 그중에서도 가난한 사람들과 우정을 나눌 수 없다. 부자가 가난한 사람을 친구로 둔다는 것은 자신의 죄를 법정에서 자백하는 것과 마찬가지이기 때문이다.

좋은 일은 언제나 갑자기 찾아온다. 노력하면 노력할수록 오히려 나빠지는 경우가 더 많다.

같은 인간이 인간을 노예로 길들일 수는 없다. 다만 폭력에 의해 한 인간의 정신 속에서 자신의 자유를 의심하게 만들 수는 있다. 이것이 노예제도의 시작이었다.

실업가들은 착취당한 노동자들의 불만을 잠재우기 위해 또 다른 노동자들의 삶을 착취한다. 이 반복되는 악순환으로 이득을 보는 쪽은 결국 실업가들이며, 노동자의 삶은 시간이 지날수록 더욱 고단해지기만 한다.

노예제도는 이미 오래 전에 폐지되었다. 로마에서도 미국에서도 우리나라에서도 모두 폐지되었다. 하지만 실제로 폐지된 것은 다만 단어일 뿐 정신은 사라지지 않았다.

인간의 행위에는 두 가지 종류가 있다. 하나는 자신의 의지에 따른 행위이며, 또 하나는 자신의 의지와 상관없는 행위이다.

46

자신이 직접 해도 되는 일을 다른 사람에게 전가시켜서는
안 된다. 창 밖의 저 더러운 거리를 깨끗이 치우기 위해 정부는
또 누군가를 고용할 것이다. 하지만 더 빠른 방법은 사람들이
자기 대문 앞만 청소하면 된다. 그렇게 하면 당장 내일부터라
도 거리가 깨끗해질 것이다.

🍎 인생의 길

많은 사람들이 황금을 찾아 떠난다. 그리고 황금을 통해 얼
마나 많은 행복을 잃었는가를 깨달은 후 황금으로부터 해방되
기 위해 처음 길을 떠났을 때보다 훨씬 더 괴로운 고행을 선택
하게 된다.

🍎 인생의 길

재물이 인간을 행복하게 할 수 없다는 진리를, 부는 나 자
신뿐 아니라 타인의 삶마저 위협할 수 있다는 이 간단한 깨달
음을 인류 전체가 이해하게 될 날이 언젠가 반드시 도래하게
될 것이다.

🍎 인생의 길

그 무렵 네플류도프는 참되고 올바른 인생을 보내고 싶다는 의지에 사로잡혀 있었다. 그는 같은 해 대학에서 스펜서라는 철학자가 토지 사유의 폐해를 적은 『사회평등론』이라는 책을 읽었는데, 자신이 대지주의 아들이었던 까닭에 그 내용에 깊은 관심을 가졌었다. 그의 아버지는 그리 대단한 부자는 아니었지만 어머니는 1만 헥타르의 땅을 소유한 지주였다. 그는 스펜서의 책을 읽고, 태어나 처음으로 토지 사유가 얼마나 큰 죄인지 깨닫게 되어 아버지로부터 상속받은 땅을 농민들에게 나눠주었다. 그리고 자신은 절대로 토지를 소유하지 않겠다는 결심을 굳히며 그와 관련된 논문을 쓸 작정이었다.

❧ 부활

계급이나 부富를 보고 인간을 존경해서는 안 된다. 그 사람이 지금 무엇을 하고 있는가를 보고 그를 존경해야 한다. 그의 직업이 많은 사람들을 유익하게 할수록 그는 존경받아 마땅하다. 하지만 아쉽게도 세상은 이와 반대로 생각하고 있다. 많은 사람들이 아무것도 생산해내지 않는 부자만을 존경하고, 반드시 필요한 노동에 헌신하는 농민이나 노동자들의 삶은 경시한다.

❧ 인생의 길

인간은 해야 될 일을 하지 않는 경우보다 오히려 해서는 안 될 일을 실천함으로써 자신의 생활을 타락시키는 경우가 많다. 그러므로 올바른 삶을 살고 싶다면 반드시 이것만은 명심해야 한다. 사람은 해야 될 일보다 해선 안 될 일에 대해 더 많은 지식을 갖춰야 한다는 점이다.

❧ 인생의 길

유한계급 사람들이 계획하는 일은 하나같이 노동자들에게 더 큰 노동을 부과하는 일들뿐이다. 그들은 이것이 노동자의 생활을 좀더 향상시키기 위한 방편이라고 변명하지만, 결과는 자신들이 챙기고 노동자들에겐 오직 과정만을 떠넘긴다.

❧ 인생의 길

노예제도는 플라톤과 아리스토텔레스가 주장한 인간의 도덕적 감성에 위배되는 개념이다. 그런데 플라톤과 아리스토텔레스는 노예제도의 폐해를 깨닫지 못했다. 왜냐하면 노예제도를 부정한다는 것은 그들의 기본적인 생활을 기초부터 완전히 파괴하는 일이었기 때문이다.

❧ 하나님 나라는 그대 안에 있다

때로는 육체적 노동이 지적 활동을 더욱 활발하게 만들곤
한다. 육신의 고단함이 방만해진 두뇌를 자극하고 무겁게 내려
앉은 정신을 더욱 가볍게 만들어주는 것이다.

유한계급 사람들의 뇌수는 악마가 가장 좋아하는 휴식처
중 하나다.

아무리 불결하고 치욕스러운 노동일지라도 그것은 수치가
아니다. 인간의 수치는 오직 할 일 없이 거들먹거리며 빈둥대
는 저 부유한 자들의 생활이다.

부자들은 그 호화로운 생활로 사람들의 눈을 속이려고 애
를 쓴다. 그들은 이렇게 하지 않으면 사람들이 자신들을 경멸
하게 될지도 모른다고 느끼기 때문이다.

노예제도란 일부 권력과 힘을 가진 사람들이 노동으로부터 자신을 해방시키고자 폭력을 동원해 자신의 노동을 타인에게 전가하는 데서 비롯되었다. 다른 누군가가 진정으로 우러나오는 마음에서 나의 노동을 대신하는 것이 아니라 내가 가진 힘과 부를 통해 내 몫의 노동을 타인에게 떠넘기는 것이 가능한 사회는 모두 노예제도가 시행되는 사회이다. 그러므로 국가적인 폭력으로 다수의 인간이 행하는 노동의 산물을 착취하고 있는 대다수의 유럽 사회는 정치적으로 진보했다고 자평하는 그들의 생각과 달리 여전히 전근대적이고 탄압적인 노예제도가 만연한 사회이다. 이들 국가에는 아직도 타인의 노동을 착취하는 것이 자신의 권리인양 착각하는 인간들이 존재하며, 한편에서는 폭력에 굴복한 자, 즉 그들의 폭력에 굴복하는 것이 자신의 의무라고 생각하는 인간들도 존재한다.

❦ 우리는 무엇을 해야 하는가

인간은 자신이 무엇을 하면 안 되는가를 확실히 이해했을 때 비로소 자신이 무엇을 해야 될지 알게 된다. 해서는 안 될 일을 하지 않았다는 것은 필연적으로 해야 될 일을 했다는 뜻이다.

❦ 인생의 길

거듭되는 힘겨운 노동에 지친 자들이 원하는 것은 오직 휴식이다. 하지만 다른 노동자들로 인해 어쩔 수 없이 주어지는 휴식은 누구도 원하지 않는다.

물음 ; 위급할 때는 무엇을 해야 되는가.

대답 ; 아무것도 하지 않는다.

크게 낙심했을 때는 아무리 자기 자신일지라도 병자를 위문하듯 자신과 이야기해야 한다. 무엇보다 주의할 것은 실제로 병자가 되지 않게 조심해야 한다.

부자의 자기만족은 가장 나쁜 악습이다. 그러나 가난한 자의 질투는 그에 못지않은 폐단이다. 부자를 비난하면서 자신보다 궁핍한 자를 부자들보다 더욱 잔인하게 수탈하려는 가난한 민중이 얼마나 많은가.

인간은 강도짓을 하거나, 타인의 도움을 받거나, 스스로 일하는 이 세 가지 방법 중 한 가지 방법에 의해서만 자신을 양육할 수 있다. 자신의 노동을 통해 생계를 유지하는 자들은 다른 자들보다 쉽게 구별된다. 타인의 도움으로 어렵게 생계를 유지하는 자들도 쉽게 구별된다. 다만 강도짓을 통해 생계를 유지하는 자들은 쉽게 알아차릴 수가 없다. 왜냐하면 우선 이런 인간들이 두 종류로 나뉘지기 때문이다. 그중 첫 번째는 타인의 물건을 힘으로 빼앗거나 훔치는 강도들인데, 이들이 저지르는 범죄는 누구나 쉽게 확인할 수 있으며, 이들 역시 자신들이 범죄자라는 사실을 분명하게 인식하고 있다. 그리고 무엇보다 중요한 사실은 이런 범죄자들은 언젠가 벌을 받게 된다는 점이다. 두 번째 종류의 강도는 자신을 강도라고 생각하지 않는다. 또 법에 의해 처벌을 받는 일도 없고 항상 정부의 비호를 받으며 정부를 대신해 대중으로부터 그 노동의 소산을 착취하는 데 앞장선다. 그리고 무엇보다 중요한 사실은 이런 강도들은 항상 타인의 존경을 요구한다는 점이다.

🍃 인생의 길

부자의 만족은 가난한 자의 눈물이다.

🍃 인생의 길

당신이 진정으로 노예제도를 원치 않고 노예제도를 묵인하는 것조차 협조할 수 없다면 먼저 타인의 노동에 정당한 대가를 지불하겠다는 의식부터 키워야 한다.

어떤 군인이 여기저기 빚을 진 상태에서 마지막으로 이발소 주인에게 프랑스제 포마드 한 병을 3루블에 구입한 후 자기 마차에 칠했다는 이야기를 들은 적이 있다. 다들 이 이야기가 말도 안 된다고 생각하겠지만, 바로 현대를 살아가는 우리들의 모습이 저 어리석은 군인의 행동과 똑같다는 점을 인식해야 한다. 다만 우리들은 프랑스제 포마드 대신 우리의 목숨을 담보로 마차에 기름칠을 하고 있는 셈이다.

인간의 판단력이 안고 있는 가장 위험한 결점은 자기가 좋아하는 것은 항상 옳다고 착각한다는 점이다. 인간은 재물을 좋아한다. 그렇기 때문에 재물은 분명 악이라고 생각하면서도 평생토록 자기 자신에게 재물은 선한 것이라고 변명한다.

가난에서 벗어나는 두 가지 방법이 있다. 하나는 돈을 버는 일이며, 또 하나는 적은 것에 만족하도록 자신을 길들이는 방법이다. 돈을 버는 것은 반드시 성공한다는 보장도 없고, 또 원하는 만큼 돈을 모았을지라도 인간다운 생활은 포기해야 한다. 반면에 욕망을 최소화시키는 것은 언제나 가능한 일이며 가장 인간다운 생활이기도 하다.

가장 악질적인 도둑은 필요치 않은 물건임에도 습관처럼 훔치는 자들이 아니라, 자신에겐 필요치 않지만 다른 사람에겐 반드시 필요한 것을 자기 손아귀에 쥐고 양보하지 않는 자들이다. 그리고 바로 부자들이 오늘도 그런 짓을 저지르고 있다.

다시 시작한다는 것은 끝내지 않은 것보다 나쁘다. 서두르는 것은 늦는 것보다 나쁘다. 양심의 가책은 하지 않은 일보다 실천한 일에 대한 가책이 더 크다.

이 세상을 살아간다는 것은 얼마 안 되는 식량에 의지하며 물에 곧 잠길지도 모르는 한 척의 배에 생명을 맡기는 유랑의 삶이다. 우리는 목숨을 연명하기 위해 한줌의 먹을 것에 집착하면서 조금씩 잠겨오는 바닷물을 미친 듯이 퍼내는 것이다. 누구 한 사람이라도 이 마지막 노동에서 손을 뗄 경우 그것은 자신의 생명은 물론이고 함께 탄 사람들의 생명마저 위협하는 결과가 된다. 이처럼 주어진 노동의 분량을 거부하는 것은 곧 타인의 노동을 가로채는 것과 같다. 공동체의 일원이 의무를 등한시하는 것은 곧 자신의 파멸이며 형제의 파멸이기도 하다.
우리는 무엇을 해야 하는가

곤란한 상황이라고 생각될수록 우리는 행동해야 한다. 인간은 항상 쓸데없는 행동으로 이미 나아진 상황을 망쳐버리는 경우가 많다.
인생의 길

손을 사용하지 않는 자는 건강을 얻지 못한다. 또 건전한 사상도 머릿속에 떠오르지 않는다.
인생의 길

일에 쫓겨 틈이 없다는 핑계로 사람들은 오락을 무시한다. 그런데 때로는 소박하고 유쾌한 오락이 일보다 더 필요하고 더 중요할 때가 있다. 여러 가지 구실로 오락의 효용을 애써 무시하려는 사람들은 정작 오락보다 못한 일로 고통을 겪는 때가 많다.

그릇된 행동은 그릇된 말에서 시작된다. 그릇된 행동을 버리기 위해서는 그릇된 말부터 버려야 한다. 또 그릇된 말은 그릇된 생각에서 시작된다. 그러므로 그릇된 말을 버리려면 그릇된 생각부터 버려야 한다. 다른 사람을 조롱하거나 비난하거나 욕설을 퍼붓는 것이 타인을 위한 행동이라고 착각하는 사람들이 있다. 그러나 인간에겐 다른 인간을 조롱할 권리도 의무도 없다는 점을 항상 기억해야 한다. 누군가를 비난하고 싶다면, 가령 그가 충분히 비난받을 만큼 악행을 저질렀다고 할지라도 우리가 그의 삶을 이해할 수 없는 만큼 그를 비난할 수도 없다는 점을 유념해야 한다. 인간이 인간을 비난한다는 것, 그것은 인간을 창조한 신을 모욕하는 것이다.

훌륭한 업적을 남기는 것보다 더욱 중요한 일은 사람들에게 훌륭한 인간으로 기억되는 것이다. 자신의 이름을 오래도록 남기는 것보다 더욱 중요한 일은 누군가 나의 이름을 떠올렸을 때 어떤 결점도 생각나지 않는 것이다. 인간의 영혼은 유리로 만든 잔 속에 살고 있다. 인간은 자신의 선택으로 이 잔을 더럽힐 수도 있고 또 깨끗하게 보관할 수도 있다. 이 잔이 깨끗하게 보관될수록 영원한 진리는 이 유리잔을 통해 더욱 밝게 빛난다. 그와 다른 모든 사람들이 가야 할 길을 비춰주는 것이다. 인간에게 가장 중요한 것은 외면적인 권력이나 명성이 아닌 내면적인 완성이다. 즉 자기 안의 유리잔을 더럽히지 않는 것이다. 스스로 자신의 이름을 더럽히지 말라. 남보다 위대해지고 싶다는 욕망으로 이 유리잔을 더럽히지 말라. 이 작은 유리잔이 당신의 발밑뿐 아니라 타인의 발밑까지 비출 수 있다는 것에 감격하라.

🍎 인생의 길

현대의 세기에서 인간이 이룩한 무수한 결과물들, 예를 들어 시카고와 파리, 런던 같은 대도시나 공장, 철도, 기계, 군대, 대포, 요새, 인쇄소, 교회, 박물관, 30층짜리 건물들은 과연 우리들의 생활에 무슨 도움을 주었는가. 이 문명의 이기로 일컬

어지는 과업들이 과연 인간을 얼마나 자유롭고 평등하고 만족
하게 해주었는가. 이제 우리는 스스로 반문할 때가 되었다. 오
늘날 인류가 열광하는 이 국가적 대사업들은 대체 누구를 위한
노동인가. 그것은 인간 개개인을 위한 노동이 아니라 국가의
욕망을 충족시키기 위한 수탈이며 착취이다. 현재 유럽에서 행
해지는 노동력의 낭비 중 90퍼센트 이상이 이처럼 소모적인 국
력을 위해 개인의 삶을 짓밟는 데서 얻어지고 있다.

❦ 인생의 길

인류는 문명에 근접했다고 주장하지만 노예제도는 아직도
우리 주위에서 흔하게 발견된다. 대체 이 노예제도란 무엇을
통해 성립되는 것일까. 노예제도의 근간이 되는 토대는 비무장
약자에 대한 무장한 강자의 폭력이며, 이보다 더욱 중요한 뿌
리는 이 같은 폭력이 질서로 용인되는 인식이다.

❦ 우리는 무엇을 해야 하는가

가난한 자가 비참하다면 부자는 그 두 배로 비참하다.

❦ 인생의 길

대부분의 부富는 범죄를 통해 축적된다. 그중에서도 토지의 축적보다 악랄한 범죄는 없다. 이른바 토지소유권이라는 법률로 인해 지구상에 존재하는 인간 중 절반이 삶의 터전을 빼앗겼다.

가족을 부양하는 데 필요한 토지보다 더 많은 땅을 차지하는 것은 노동자를 빈곤과 재앙, 타락으로 내모는 범죄의 공범이 아니라 바로 주범이다.

인간은 궁핍을 두려워한다. 많은 사람들이 어떻게 해서든 남보다 재물을 더 얻으려고 인생의 대부분을 소모한다. 하지만 가난과 결핍은 인간에게 불굴의 의지와 힘을 준다. 반면에 과잉과 낭비는 인간을 허약과 자멸로 이끌어간다.

가난한 자를 축복하라. 육체와 정신에 유익한 결핍에서 육체와 정신에 해로운 부유함을 꿈꾼다는 것은 헛된 망상이다.

현대까지 영향을 미친 인간의 노예화는 정부가 국민으로부터 징수하는 세금—관료와 군대(세금에 의해 양성되고 있는 관료와 군대)에 의해 징수되는 세금—에 의해 여전히 존속되고 있다는 사실을 아무도 깨닫지 못하고 있다. 또한 이들은 깨달을 생각도 하지 않고 있다.

🍎 우리는 무엇을 해야 하는가

분명하게 단언하건대, 인간의 노예화—어떤 인간이 자신의 의지와 상관없이 타인의 의지에 의해 자신이 원하지 않는 일정한 행위를 수행해야만 하는 상태—를 지지한다는 것은 타인의 생명을 갈취하겠다는 폭력의 다른 이름이다.

🍎 우리는 무엇을 해야 하는가

악마는 인간을 낚아 올리려고 여러 가지 미끼를 던진다. 하지만 게으른 자를 낚는 데에는 아무런 미끼도 필요하지 않다. 왜냐하면 게으른 자들은 미끼가 걸려 있지 않은 낚싯바늘에도 무작정 달려들기 때문이다.

🍎 인생의 길

성서에 기록된 것처럼 지금으로부터 약 5000년 전에 아름다운 요셉(창세기 39장 6절을 보면 "요셉은 용모가 준수하고 아담하였더라"고 기록되어 있다)을 통해 보다 편리하고 광범위한 노예제도가 발명되었다. 이 혁신적인 노예제도는 인간이 사나운 말이나 짐승을 길들이는 데도 아주 유용하게 사용되고 있다. 그 방법이란 바로 굶주림이다(창세기 47장 20절에는 이렇게 기록되어 있다. "요셉이 애굽 전지 全地를 다 사서 바로에게 드리니 애굽 사람이 기근에 몰려서 각기 전지를 팖이라. 땅이 바로의 소유가 되니라").

우리는 무엇을 해야 하는가

같은 노동자들 중 일부는 동료들을 짓밟고 부유층 계급으로 올라가고자 발버둥친다. 그들은 이런 노력을 가리켜 보다 나은 삶을 향한 기회라고 말한다. 그러나 반대로 이런 생각은 선량한 시민에서 악독한 범죄자로 전락하는 지름길이다.

인생의 길

자신은 일하지 않고 타인의 노동에 의존하며 살아가는 부자들은 그들이 어떤 말로 핑계를 꾸며댈지라도 모두 강도다. 이런 강도에는 세 가지 종류가 있다. 먼저 자신들이 강도라는 사실을 깨닫지 못한 채 태연하게 자기 형제들에게 강도짓을 저지르는 자들이다. 두 번째는 자신들의 행동이 잘못된 것임을 깨달은 후에도 여전히 군인으로, 관리로 타인을 가르치는 교사로, 책을 쓰는 학자로 자신의 범죄를 정당화하는 인간들이다. 그리고 마지막 세 번째 집단은 자신들보다 더 악랄한 강도에게 모든 것을 강탈당한 후 비로소 자신들이 저지른 범죄를 깨닫고 후회하는 자들이다. 현재 이 세 번째 인간들이 점점 늘어나고 있다.

🍎 인생의 길

부자를 존경할 필요는 없다. 그렇다고 원망할 필요도 없다. 그들의 생활에서 조금 멀리 떨어져 그들을 불쌍하게 여기면 된다. 만약 지금 내가 부자라면 스스로 두 손에 들고 있는 황금을 부끄러워할 줄 알아야 한다.

🍎 인생의 길

결혼하기 전에 열 번, 스무 번, 아니 백 번이라도 고민하라. 결혼은 낯선 이성간의 단순한 만남이 아니라 자신의 인생과 타인의 인생이 교차되는 매우 중요한 결정이다.

여자와 남자, 그리고 결혼에 대하여

여자는 남자의 운명을 방해하는 거대한 돌이다. 여자를 사랑하면서 무엇을 한다는 것은 거의 불가능한 일이다. 다행히 이 같은 어려움을 극복하고 남자가 여자를 사랑할 수 있는 방법이 한 가지 있다. 그것은 바로 결혼이다.
🍏 안나 카레니나

가정이 평화롭기 위해서는 부부 사이가 완전히 어긋나거나, 둘의 사랑이 동일한 분량으로 완벽하게 평등을 이뤄야만 한다. 부부관계가 애매한 경우는 가정은 그야말로 전쟁터를 방불케 된다. 세상에는 불안전한 생활을 그럭저럭 유지하는 가정이 많은데 그 이유는 부부간에 완전한 불일치도, 또 완전한 사랑도 이뤄낼 수 없었기 때문이다.
🍏 안나 카레니나

남자를 자신의 아름다움으로 마비시키는 데 기쁨을 느끼는 여자들은 자신의 아름다움으로 남자를 지배할 수 있다고 믿는다. 하지만 이것은 오산이다. 그녀들은 남자의 욕망에 의해 타락한 여성이며, 타락한 남자의 욕망에 희생된 여성이며, 여성으로서 타고난 가치와 삶의 의의를 상실한 존재일 뿐이다.

아내가 될 수 없는 여성은 여자가 아니라 인간이다.

네플류도프는 마슬로바가 근처에 있거나 혹은 멀리 떨어져 있는 모습을 보기만 해도 모든 만물이 햇빛에 감사하는 것처럼 자신의 마음도 한없이 부풀어오르는 것을 느꼈다. 그녀가 존재한다는 사실만으로도 그는 벅찬 삶의 희열을 체감할 수 있었다.

오늘날 회자되는 여성문제는 진정한 노동의 법칙에서 벗어난 남자들에 의해 발생했고, 또 결론지어질 것이다.

이상적인 여성이란 그녀가 살고 있는 시대의 세계관을 몸에 익히고, 불가항력적으로 여성에게 주어지는 천직—어린 아이를 출산하고, 세계의 보편적인 지혜로써 아이들을 인류를 위해 헌신할 수 있는 능력을 갖춘 한 인간으로 성장시키는 사업—에 몸을 바쳐 희생하는 여성들이다.

아무리 비싼 옷으로 치장했을지라도, 또는 제아무리 우아한 예절을 몸에 익혔을지라도 성적인 욕구를 해결하는 데만 관심이 있을 뿐 어린 생명을 잉태하는 데 반감을 가지고 있다면 그것은 매춘부와 다를 바 없다.

기독교도의 이상은 하나님과 이웃에 대한 사랑이며, 하나님과 이웃에 대한 봉사를 위해 기꺼이 자신을 희생하는 배려이다. 성애 또는 결혼은 분명 자기 자신에 대한 봉사이므로 하나님과 이웃에게 봉사하는 데 방해가 된다. 그러므로 기독교도에게 결혼은 타락이며 죄악이다.

7월 30일, 몸이 조금 나아졌다. 어젯밤은 생각보다 잘 잔 것 같다. 매우 흥미로운 편지가 왔다. 하지만 아이들과는 여전히 서먹서먹하다. 침묵이 필요하다는 것을 곰곰이 생각해봤다.

소피야 안드레예브나는 자신을 트럼프 놀이에 초대하지 않았다는 이유로 억울해했다. 나는 아무 말도 하지 않았다. 침묵이 필요하다.

최후의 일기

결혼 따윈 절대로 해선 안 돼. 충고하지만, 적어도 하고 싶은 일은 무엇이든 다 해봤다고 자신에게 말할 수 있을 때까지, 그리고 자네가 택한 여자에 대한 열정이 완전히 식을 때까지, 그 여자의 모든 것을 속속들이 알게 될 때까지는 절대로 결혼에 뛰어들어서는 안 돼. 그렇지 않으면 나중에 되돌릴 수 없는 실패를 겪는 수밖에 없어. 만약 그 여자와 정말 결혼할 생각이라면 아무런 쓸모도 없는 노인이 된 다음에 해도 늦지 않아. 결혼은 자네가 갖고 있는 아름답고 숭고한 자질을 일순간에 망쳐버릴지도 모른단 말야. 고작 결혼 때문에 자네가 이룩한 모든 것이 물거품이 된다고 생각해봐.

전쟁과 평화

10월 13일, 머리는 예전처럼 활발하게 움직이지 않지만 기분은 상쾌하다. 사회주의에 관한 논문을 다시 퇴고했다. 쓸데없는 논문이 될 수도 있으나 한번 시작한 일이므로 앞으로는 좀더 능률적이고 경제적으로 일해야겠다. 남은 시간이 얼마 안 되는데 소모적인 일에 시간을 낭비하고 있다.

소피야 안드레예브나는 오늘도 매우 흥분했고 하루 종일 괴로워했다. 내가 그녀에게 원하는 것은 단 한 가지다. 그것은 남편이 하는 일과 생활을 방해하지 않고, 남편과 함께 서로 이해하면서 노년을 보내는 일이다. 하지만 그녀는 나의 이 작은 소망조차 용납하지 못한다. 그녀가 바라는 것은……. 그녀가 지금 무엇을 바라고 있는지 알 수 없지만 분명한 것은 자기 자신을 괴롭히고 있다는 점이다. 그녀는 일종의 정신적인 병을 앓고 있다. 동정하지 않을 수 없다.

🍎 최후의 일기

10월 18일, 여전히 몸이 약해졌다는 느낌을 지울 수 없다. 날씨도 좋지 않다. 아무런 욕망도 생기지 않는다. 죽음을 맞이할 준비가 끝났음을 나 자신이 느끼고 있다. 산책은 오랫동안 하지 않았다.

오랜만에 뜰을 거닐었다. 아무것도 생각할 수 없었다. 낮잠. 일어나자 몸이 몹시 무거웠다. 도스토예프스키를 마저 읽고 그가 자랑하는 불결, 부자연스러움, 허구적인 성격에 다시금 실망했다. 그리고 니콜라예프가 쓴 『하나님에 대한 관념』을 읽었다.

밤에 소피야 안드레예브나가 침실로 찾아왔다. 그녀는 나를 보자마자 "이번에는 또 무슨 음모를 꾸미고 있는 거예요?", "그게 대체 무슨 얘기야, 음모라니?", "당신 일기가 보이지 않잖아요. 체르트코프에게 맡겼겠죠?", "아니, 사샤가 갖고 있어."

이 고통스러운 감정을 견디지 못한 채 오랫동안 침대에서 뒤척였다. 간장이 아픈 것 같다. 몸을 움직이는 것조차 귀찮다.

최후의 일기

10월 28일, 열한시 반쯤 침대 속으로 들어갔다. 그리고 새벽 세시까지 잤다. 여느 때와 마찬가지로 나는 조용히 문이 열리는 소리와 가벼운 발걸음 소리를 들었다. 지금까지는 이상한 소리가 나도 방문 쪽을 바라본 적이 없었지만, 오늘은 도저히 참지 못하고 소리가 나는 쪽을 지켜보았다. 문틈으로 서재의 밝은 빛이 보였고, 이상한 소리가 들렸다. 소피야 안드레예브나가 내 서재에서 무언가를 찾으며 열심히 읽고 있는 것처럼 보였다. 전날 밤 그녀는 내 방문을 잠그지 말라고 부탁했다. 아니, 요구했다. 그녀의 방문은 항상 열려 있기 때문에 나의 사소한 동정도 감시할 수 있고, 또 무엇을 하는지 들을 수 있었다. 그래서 밤이나 낮이나 내가 하는 일과 이야기 등을 하나도 빠짐없이 알고 있었다.

나는 무시하고 잠들려 했지만 오늘밤만큼은 도저히 그럴 수 없었다. 한 시간 정도 몸을 뒤척이다가 결국 불을 켠 후 자리에 앉았다. 그러자 방문이 열리며 그녀가 들어왔다. 소피야 안드레예브나는 이 새벽에 왜 일어났냐고 다그치며 '건강'은 좀 어떠냐고 묻는다. 순간 증오와 분노가 솟구치는 것을 느꼈고, 숨이 가빠왔다. 맥박을 짚어보니 97이다. 이대로 다시 눈을 감고 잠든다는 것은 불가능했다. 나는 갑자기 이 집을 떠나야겠다는 결심을 하게 되었다. 그녀 앞으로 편지 한 통을 쓰고, 필요한 것들을 챙겼다. 이젠 집을 나가기만 하면 된다. 두샨을 깨우고 사샤도 깨웠다. 그들은 나를 도와 짐을 챙겼다. 나는 소피야 안드레예브나가 소리를 듣고 쫓아나와 히스테리를 부리면 집을 떠나지 못한다는 것을 생각하며 몸을 떨었다. 새벽 여섯시쯤 간신히 모든 준비가 끝났다. 나는 말을 끌어오기 위해 마구간으로 향했다. 두샨과 사샤, 그리고 바랴까지 준비를 마치고 나왔다. 밤의 어둠은 가뜩이나 어두워진 내 시야를 가렸다. 나는 마구간으로 가는 길을 잃고 수목이 울창한 숲으로 들어가 엉겅퀴에 몸을 찔렸다. 뒷걸음치다 나뭇가지에 부딪혀 넘어지는 바람에 모자를 잃어버렸고, 간신히 길을 찾아 숲에서 빠져나와 다시 집으로 돌아왔다. 나는 다시 모자와 등불을 가지고 마구간으로 갔다. 그리고 말을 끄집어냈다. 사샤, 두샨, 바랴도 떠날 준비를 마치고 나를 기다리고 있었다. 나는 그녀가 깰까봐 두려웠다. 마침내 이곳을 떠나게 되었다. 시체키노에서 한 시간 가량 기다린다. 나는 연신 아내가 모습을 나타내지는 않을까 두려웠다. 우리는 간신히 기차를 탔고, 잠시 후 기차가 움직이기 시작하자 그제야 이 공포에서 벗어날 수 있었다. 그리고 아내에 대한 한없는 연민을 느꼈다. 내가 지금 해야 할 일을 한 것인가, 그렇지 않은가에 대한 의문은 지금도 일어나지 않는다. 어쩌면 나는 자신을 정당화했을 뿐 지금 잘못을 저지르고 있는지도 모른다. 하지만 나는 레프 니콜라예비치가 아니라 나 자신을—내 속에 존재하고 있는 그 무언가를 구제했다는 생각이 든다.

오프티나에 도착했다. 나는 자지 않았고 아무것도 먹지 않았지만 기분은 무척 상쾌했다.

🍎 최후의 일기

성실한 결혼생활은 아름다운 기쁨이다. 그러나 더욱 큰 기쁨은 결혼하지 않는 일이다. 이런 선택을 할 수 있는 사람은 거의 없다. 하지만 이것을 선택할 수 있는 사람은 행복해질 수 있다.

인생의 길

결혼하지 않더라도 인생은 여전히 지속된다. 그럼에도 불구하고 어떤 두려움이나 강박관념에 쫓겨 결혼하는 것은 언젠가 발을 헛디디게 될지도 모른다는 망상에 사로잡힌 인간의 어리석음과 동일하다. 만약 발을 헛디뎌 넘어져야 한다면 넘어지면 그만이다. 결과가 어떻게 나올지 넘어지기 전에는 아무도 예상할 수 없다. 그러나 뒤꿈치가 걸리지도 않았는데 일부러 쓰러진다는 것은 도저히 이해할 수 없는 행동이다.

인생의 길

결혼하기 전에 열 번, 스무 번, 아니 백 번이라도 고민하라. 결혼은 낯선 이성간의 단순한 만남이 아니라 자신의 인생과 타인의 인생이 교차되는 매우 중요한 결정이다.

인생의 길

Lev Nikolaevich Tolstoi
정신의 길

사랑하는 자만이 슬픔을 느낄 권리가 있다. 반대로 이 사랑의 욕구가 그들을 위해 슬픔을 치유해줄 때도 있다. 이 점만 보더라도 인간의 정신적 특질은 육체적 특질보다 훨씬 위대하다. 왜냐하면 슬픔은 결코 사람을 죽이지 않기 때문이다.

슬픔은 결코 사람을 죽이지 않는다

인간은 누구 한 사람 자신을 방해하지 않는다는 것을 깨달았을 때 같은 자세로 다리를 꼬고 앉아 몇 시간이고 일할 수 있다. 그러나 이렇게 다리를 꼰 채 언제까지나 앉아 있어야 한다는 강박관념이 엄습하면 얼마 안 가 경련이 일어나고, 쥐가 나고, 그 때문에 다리를 뻗고 싶은 장소를 찾아 눈치를 보게 된다.
🍎 안나 카레니나

이해할 수 없는 것은 오직 인간이다.
🍎 당구 점수 기록원의 수기

인간은 자신이 좋아하는 일을 선택하는 것이 아니라 대부분 많은 것을 '가질 수 있는 일'을 인생의 목표로 선택한다.
🍎 홀스토메르

위험에 직면한 인간에겐 항상 두 가지 목소리가 같은 크기로 들려온다. 첫 번째 목소리는 이 위험이 안고 있는 본래의 성격을 살펴봄으로써 이 위험으로부터 피할 수 있는 방법을 생각해야 한다고 충고한다. 또 다른 목소리는 위험이 다가올 때까지 기다리는 것이 얼마나 지루하고 괴롭고 고통스러운가를 설명하고, 여러 가지 문제를 꿰뚫어보고 사건의 전체적인 방향을 판가름하는 것은 인간의 힘으로 불가능하다는 점을 강조한다. 그러므로 차라리 위험이 다가올 때까지 괴로운 일상에서 벗어나 유쾌한 일만을 생각하는 것이 좋다고 유혹한다. 그런데 여기서 중요한 것은 인간은 자기 혼자일 경우 대체로 첫 번째 목소리를 따라가지만, 많은 사람들이 모였을 때는 거의 대부분 후자의 목소리를 따라간다는 점이다.

🍎 전쟁과 평화

자신의 생활을 고양시킨다. 이것은 타인의 생활을 존중하는 가장 좋은 방법이며, 결국 타인도 나 자신만큼 소중한 존재가 되는 길이다. 그러므로 내가 나 자신을 높이면 결국 나는 모든 사람을 높이는 것이 된다.

🍎 교의신학비판

그들은 공포의 포로가 되기도 하고, 허영심에 끌려 다니기도 하며, 기뻐하거나 노여워하거나 이론을 주장하면서 자신은 자기의 행위를 자각하고 있다고 생각한다. 그들은 모두 고유한 자유의지에 의해 활동하고 있다는 상상에서 벗어나지 못한다. 하지만 그들은 누구도 깨닫지 못하는 새 역사의 필연적인 도구가 되어 그들로서는 도저히 이해할 수 없는 행동이지만, 먼 미래에는 누구나 이해할 수 있는 흐름에 동참하는 것이다.

🍎 전쟁과 평화

타인에게 무언가를 빌려주는 것은 산기슭에 던지는 돌과 같다. 빌려준 무언가를 되찾는 것은 산 위로 돌아오는 것과 같다.

🍎 술의 기원

자신의 타고난 가치에 의해 타인의 존경심을 불러일으킬 능력이 없는 자는 사람들과 접촉하는 것을 본능적으로 두려워한다. 그들은 이런 두려움을 감추기 위해 거만한 태도로 사람들을 업신여기며, 자신에 대한 타인의 비판을 미리 막으려고 노력하는 것이다.

🍎 1855년 8월의 세바스토폴

인간에게 주어진 손과 발을 주어진 목적을 위해 사용할 것. 음식물을 섭취하는 것도 지금 먹어치운 음식물을 다시 생산하기 위해 먹는다는 점을 명심할 것. 손발을 함부로 퇴화시키지 말 것. 손발은 씻거나 깨끗이 닦기 위해 존재하지 않는다는 점. 음식이나 음료나 담배를 입에 넣을 때만 손을 사용하는 인간도 있다. 이런 손과 발은 인간의 지체가 아니다. 이런 손과 발은 인간의 신성한 의무와 책임을 방해하는 도구일 뿐이다.
🍎 우리는 무엇을 해야 하는가

사람은 누구나 자기만의 개성을 가지고 있다. 인간이 선인 또는 악인, 어리석은 자, 둔감한 자, 정력적인 자 중 어느 하나에 속한다는 사고방식은 우리 시대에 가장 완고하게 퍼져 있는 미신이다. 하지만 인간을 이렇게 틀에 박힌 종류로 나눌 수는 없다. 우리는 어느 한 사람의 개인적 특성에 관해 이야기할 때 그는 악인인 경우보다 선인인 경우가 더 많으며, 어리석을 때보다 영리할 때가 더 많고, 둔감할 때보다 정력적으로 일을 처리할 때가 더 많다는 식으로 말하는 것은 가능하다. 물론 그 반대의 경우에 대해서도 마찬가지다. 그러나 우리가 한 인간을 가리켜 그는 선인이라든가 악인이라든가, 혹은 영리하다든가 어리석다고 말한다면 그것은 어디까지나 잘못된 고정관념이다. 그럼에도 우리는 항상 이런 식으로 주변 사람들을 분리한다. 이는 결코 올바른 태도가 아니다. 인간은 끝없이 흐르는 강물과 같다. 모든 강은 물이다. 이 태곳적 진리는 어디에서도 변할 수 없는 가치다. 대신 여러 강 중에는 작은 강도 있고 큰 강도 있으며, 흐름이 빠른 곳이 있는가 하면 완만하게 흐르는 강도 있고, 물이 깨끗한 곳이 있는 반면에 더러운 곳도 있다. 또 물이 차가운 곳과 따뜻한 곳이 공존한다. 인간의 개성도 이와 다를 바 없다. 즉 모든 사람은 누구나 공통된 성질을 타고 나기 때문에 어떤 상황에서는 이런 특질이, 또 다른 상황에 처하면 다른 특질이 나타나는 것이다. 실제로는 모두 같은 인간임에도 불구하고 상황에 따라 완전히 다른 인간으로 정의되는 것이다.

❦ 부활

무엇이 좋고 무엇이 필요한가를 결정하는 것은 타인의 의견 때문이 아니다. 또 진보주의에 입각해서도 아니며 바로 자기 자신과 나를 위해서이다.

❦ 고백

우리는 타인에 대한 거짓들, 특히 그중에서도 타인에 대한 몇 가지 거짓들을 극도로 증오한다. 하지만 우리는 스스로 내뱉는 자기 자신에 대한 거짓말은 두려워하지 않는다. 자세히 살펴보면 타인에 대한 악질적이며 노골적이고 사기성이 강한 거짓말도 우리가 자기 자신을 위해 꾸며대는 거짓말과 비교하면 결과에 있어서 그리 대단한 것이 못 된다는 점을 알게 된다. 더욱 중요한 사실은 우리가 자기 자신에게 스스로 발설한 거짓말을 위해 자신의 생활마저 속이고 있다는 점이다.

  우리는 무엇을 해야 하는가

당신에게 가장 중요한 것은 당신이 자기 자신을 어떻게 이해하고 있는가 하는 점이다. 왜냐하면 당신이 스스로를 어떻게 받아들이는가에 따라 당신은 행복할 수도 있고 불행할 수도 있기 때문이다. 당신의 행복과 불행은 타인이 당신을 어떻게 이해하는가에 의해 결정되는 것이 아니다. 그러므로 타인이 당신을 어떻게 생각할지 염려할 필요가 없다. 어떻게 하면 당신의 영적인 생활이 더욱 활성화될 수 있는가를 고민하기에도 주어진 인생은 너무나 부족하다.

  인생의 길

말과 마차는 교통수단으로, 의복과 가옥은 기후 변화에 따라 몸을 보호하는 수단으로, 음식은 체력을 유지하는 수단으로 제각기 매우 유용하다. 그러나 인간이 이들 수단의 소유를 목적으로 삼고 말이나 가옥, 의복, 음식을 되도록 많이 갖고자 한다면 이들은 더 이상 인간에게 도움이 되지 못하고 오히려 인간의 정신을 파멸로 인도한다.

🍎 폰 포렌츠의 '농민'을 위한 서문

보수주의자로 자처하는 인물들은 대부분 노인이며, 진보주의자를 자처하는 인물들은 대부분 젊은이들이라고 흔히 생각한다. 그러나 이는 올바른 판단이 아니다. 오히려 보수주의자는 대부분 젊은이들이다. 젊은 사람들은 대체로 살고 싶다는 소망에 얽매여 어떻게 살아야 하는지를 생각하지 않는다. 또 생각할 여유도 없다. 그렇기 때문에 지난날의 삶을 아무런 반성도 없이 그대로 인정하곤 한다.

🍎 악마

상류사회의 평판은 일종의 자본이다.

🍎 전쟁과 평화

"네 몸을 사랑하듯이 네 이웃을 사랑하라"는 그리스도의 말씀은 이웃을 사랑하도록 노력하라는 단순한 충고가 아니다. 자신에게 사랑을 강요해서는 안 된다. '네 이웃을 사랑하라' 는 말씀은 더 이상 자기 자신을 사랑해서는 안 된다는 뜻이다. 나를 사랑하지 않을 때 우리는 자연스레 내 이웃을 사랑하게 될 것이다.

🍎 인생의 길

네플류도프는 결핵을 앓고 있는 크르일리소프라는 청년을 알게 되었다. 그의 아버지는 러시아 남부의 부유한 지주였는데 그가 아직 어릴 때 사망했다고 한다. 그는 비록 홀어머니 밑에서 공부했지만 별 어려움 없이 대학에 진학했고, 수석으로 졸업할 만큼 뛰어난 수재였다. 대학을 졸업한 후 크르일리소프는 어린 시절부터 사랑했던 아름다운 아가씨와 결혼했고, 지방에서 사업을 해볼 작정이었다. 그때 대학 동창들로부터 공동사업을 위한 기부금을 부탁받았다. 그는 이 돈이 혁명자금이라는 것을 알고 있었지만 순전히 자신이 겁쟁이가 아니라는 것을 보여주기 위해 친구들이 원하는 액수를 기부했다. 그런데 뜻밖에도 이것이 문제가 되어 감옥에 갇히게 되었다. 그리고 그곳에서 선량하고 아름다운 두 형제가 아무런 죄도 없이 사형당하는 것을 목격하게 되었다.

"그날 이후 나는 혁명가가 되었습니다."

언젠가 그는 네플류도프에게 자신의 지난 얘기를 들려주면서 이렇게 말했다.

🍎 부활

마음이 연약한 사람을 괴롭히는 고민은 대부분 자신에 대한 타인의 평가를 모른다는 데서 발생한다. 때문에 자신에 대한 사람들의 평가가 어떤 것이든 분명하게 나타나면 그 같은 고민은 자연스럽게 사라진다.

🍎 유년시절

자신을 완전히 버리려는 것은 하나님이 되고 싶다는 뜻이다. 자신을 위해 산다는 것은 가축이 되고 싶다는 뜻이다. 사람의 생활이 인생으로 기록되려면 가축의 시간에서 벗어나 하나님의 섭리로 진행되어야 한다.

🍎 인생의 길

당신이 누군가에게 베푸는 선행은 어디까지나 당신을 위한 선행이다. 당신이 타인에게 베풀려고 하지 않는 선행은 어디까지나 타인을 위한 선행이다.

만일 당신이 무엇인가를 당신에게서 떼어내 타인에게 양보한다면 당신은 당신 자신에게 선행을 베푼 것이며, 그 선행은 영원히 당신의 몫이 될 것이다.

어떤 사람에게 필요한 것이 당신에게 있다면 그 소유권이 비록 당신에게 있을지라도 그것은 어디까지나 그의 것이다. 우리가 지상에서 누리는 모든 소유는 필요에 따라 나눠진 공유물이다. 어차피 죽음과 함께 우리는 이 공유물에 대한 각자의 권리를 박탈당한다. 권리를 박탈당하기 전에 누군가에게 베푼다는 것이 진정 손해일까.

생활이 위기에 처했을 때 자신의 행위를 곰곰이 생각해볼 수 있는 능력을 가진 인간은 가끔 명상적인 기분에 사로잡히곤 한다. 그리고 그런 경우 대체로 과거를 반성하게 되는데, 이 반성이 결국 미래를 위한 설계가 된다.

인생에서 가장 중요한 것은 보다 선량하고, 보다 훌륭한 인간이 되려는 시도라고 할 수 있다. 그러나 이미 나는 충분히 선량하며, 충분히 훌륭하다는 생각이 떠오른다면 더 이상 노력할 필요는 없다. 왜냐하면 그는 결코 선량해질 수도 없고 훌륭한 인생을 살아갈 자격도 없는 인간이기 때문이다.

🍎 인생의 길

인간이 타인과 친숙해질 수 없는 상황은 존재하지 않는다. 특히 자기 주변 사람들이 똑같이 생활하고 있음을 보았을 때는 더욱 그렇다.

🍎 안나 카레니나

훌륭한 사람이란 자신이 저지른 죄를 잊지 않고 자신의 선행은 곧 잊어버리는 사람을 말한다. 나쁜 사람이란 이와 반대로 자신의 선행을 언제까지나 잊지 않고 자신의 죄는 곧 잊어버리는 사람을 말한다.

자기 자신을 용서하지 말라. 그러면 타인을 용서하게 될 것이다.

🍎 인생의 길

선량하고 총명한 사람들은 늘 자신보다는 다른 사람들이 훌륭하고 총명하다는 말을 자주 한다. 그 이유는 그들이 겸손해서가 아니라 총명하기 때문에 그런 분별이 가능한 것이다.

자신의 현재 모습에 만족하는 자들은 항상 타인에게 불만을 토로한다. 자신의 현재 모습에 만족하지 못하는 자들은 항상 타인의 모습에 만족한다.

도덕적인 완성을 꿈꾸는 자에게 자기만족만큼 위험한 발상은 없다. 다행히 지금 내가 발전하고 있다는 믿음이 생길지라도 발전이란 언제나 눈에 보이지 않는 곳에서 이루어지고 있으며, 오랜 시간이 지난 후에야 그 성과를 알 수 있다.

그런데 만일 우리가 이처럼 각자의 진보적인 향상을 체감하고 있다면 그것은 우리가 전혀 발전하지 못했다는 뜻이거나, 오히려 뒤로 물러나고 있다는 징후로 생각하면 된다.

강아지라면 먹이를 주고, 물건을 입에 물고 다시 가져오는 것을 가르쳐주면서 즐겁게 지내면 된다. 하지만 인간은 강아지처럼 기르면서 먹이거나 그리스어를 가르치는 것만으로는 만족하지 않는다. 인간에게 삶을, 즉 타인에게서 보다 적게 취하고 타인에게 보다 많은 것을 허락하는 방법을 가르치지 않는다면 강아지는 다만 손가락을 깨물 뿐이지만, 인간은 당신의 목숨을 원하게 될지도 모른다.

🍎 우리는 무엇을 해야 하는가

인간은 자기 양심에 반대되는 입장을 자기 의지를 무시하고 선택할 수는 없다.

만일 당신이 이런 입장에 처해 있다면 그것은 누군가의 강압적인 억압에 의해서가 아니라 당신 자신이 오래 전부터 그것을 소망했기 때문이다.

🍎 악마

장엄한 노년이 있다. 그리고 반대로 추악한 노년도 있다. 때로는 처참한 노년도 있다. 하지만 추악하고 장엄한 노년도 있다.

🍎 홀스토메르

사람은 어떤 면에서 봤을 때 자신의 고유한 사상에 의해, 또 타인으로부터 강요된 사상의 영향을 받으며 행동한다. 사람이 자신의 사상을 바탕으로 살아갈 때와 타인의 사상에 기대어 살아갈 때 인간 상호간에 중요한 차이가 발생하게 된다. 어떤 사람들은 자신만의 고유한 사상을 지적 유희로 생각하며, 자신의 이성을 마치 전기 벨트가 벗겨져 나간 관성바퀴처럼 다루며, 무엇인가 실천이 필요한 경우 타인의 사상—관습, 소문, 법률—에 의거해 자신의 행동을 결정한다. 또 어떤 부류의 사람들은 오직 자신의 사상만을 모든 활동의 중요한 원동력으로 생각하며 항상 자신의 이성이 요구하는 명령에 귀를 기울이지만, 가끔 드물게 자신의 의사보다 타인의 결정을 더욱 존중하는 경우가 있다.

🍀 부활

사랑하는 자만이 슬픔을 느낄 권리가 있다. 반대로 이 사랑의 욕구가 그들을 위해 슬픔을 치유해줄 때도 있다. 이 점만 보더라도 인간의 정신적 특질은 육체적 특질보다 훨씬 위대하다. 왜냐하면 슬픔은 결코 사람을 죽이지 않기 때문이다.

🍀 유년시절

욕을 듣거나 비방하는 말을 들었을 때 기뻐하라. 칭찬하거
나 아첨하는 말을 들었을 때 두려워하라.

우주의 섭리는 누군가의 의지를 위해 이루어지고 있다. 즉
누군가 이 전 우주의 생활과 우리의 생활을 통해 자신이 꿈꾸
던 사업을 수행하고 있는 것이다. 이 의지가 무엇인지 이해하
고 싶다면 우선 첫째로 그 의지가 우리에게 명령하는 것—우리
에게 요구하는 것—을 실행해야 한다. 만일 나에게 요구되는
그 명령을 내가 실천하지 않는다면 나는 지금 무엇을 요구받고
있는지 결코 이해할 수 없을 것이다. 또한 우리가 살아가는 이
세계와 우주 전체가 무엇에 의해 유지되고 있는가도 결국 깨닫
지 못할 것이다.

불행한 사람은 자신을 동정해주는 사람의 얼굴을 보고 싶
어하며, 그에게 자신의 고통을 이야기하고 사랑과 동정의 말을
듣고 싶어한다.

무슨 일을 시작하든 거짓말로 방편을 삼는 것보다 진실을 따르는 것이 항상 직선적이며 보다 신속히 문제를 해결한다. 타인에 대한 거짓말은 언제나 문제를 혼란시키고 해결을 늦출 뿐이다. 그러나 많은 사람들이 진실보다는 진실처럼 보이는 거짓의 유혹에 빠져 자신의 일생을 망치곤 한다.

❦ 우리는 무엇을 해야 하는가

다른 사람의 허위를 추적해 이를 폭로하는 것은 통쾌한 일이다. 그러나 자기 자신이 허위 속에 파묻혀 있었음을 깨닫고 이를 폭로하는 것은 몇 배나 더 큰 즐거움이다. 인간은 되도록 자주 이런 즐거움을 만끽할 수 있도록 노력해야 한다.

❦ 인생의 길

자기 자신을 생각하지 않는 자는 타인의 사상에 예속될 수밖에 없다. 자신의 사상을 타인에게 예속시키는 것은 자기의 육체를 타인에게 굴종시키는 것보다 훨씬 더 굴욕적인 노예의 습성이다. 당신의 머리로 생각하라. 그리고 타인이 당신을 향해 뭐라고 말하든 신경 쓰지 말라.

❦ 인생의 길

허영심은 슬픔과는 완전히 모순된 감정이다. 그러나 동시에 이 허영심은 인간의 본성에 깊숙이 스며 있기 때문에 그 어떤 슬픔을 겪더라도 이 허영심을 완전하게 떨쳐내는 경우는 극히 드물다. 예를 들어 슬픔에 빠진 인간은 타인에게 자신의 슬픔을 증명하고 싶어하며, 불행한 인간이라는 동정심을 요구하기도 하고, 때로는 슬픔에 굴하지 않는 강인한 인간이라는 인상을 남기고 싶다는 허영심에 사로잡힌다. 이런 야비한 소망을 우리들은 깨닫지 못하지만, 아무리 고통스러운 슬픔에 직면하더라도 우리들을 따라다니며 그 슬픔으로부터 힘과 존경과 성실함을 빼앗아가곤 한다.

🍎 유년시절

위대한, 그리고 진실한 삶은 항상 소박하고 조심스럽다.

🍎 우리는 무엇을 해야 하는가

자아를 버린 인간은 강인하다. 왜냐하면 인간의 내면에는 자아와 하나님이 공존하고 있는데, 그는 자아를 버리고 하나님을 택한 것이기 때문이다.

🍎 인생의 길

전쟁이나 감옥 같은 국가적인 폭력을 비난하는 자들 중 상당수의 사람들이 바로 그런 국가적인 폭력에 직접적으로 종사하고 있다.

현대를 살아가는 우리들은 만일 그 같은 부도덕한 폭력에 참여하고 싶지 않다면 국가가 요구하는 어떤 명령이 도덕적으로 아무런 문제가 없을지라도 그로 인해 발생할 수 있는 모든 가능성을 충분히 검토한 후 행동을 결정해야 한다. 우리가 저녁 식탁에서 커틀릿을 먹을 때 그 커틀릿은 누가 요리를 했든 간에 강제로 죽임을 당한 어린양이라는 사실을 인식해야 하듯이 우리들 중 누군가 무기공장이나 화약공장에서 근무하거나, 사관으로 근무하거나, 또는 세관원으로 근무하면서 국가로부터 일정한 급료를 지급받았을 때 자신이 받은 그 급료가 국가의 폭력 및 살인을 위해 자신의 노동을 지불한 대가라는 것, 그리고 이 돈이 가난한 사람들의 노동을 강탈함으로써 발생한 이익이었다는 점을 항상 머릿속에 각인시켜야만 한다.

오늘날 국가적인 범죄는 특별한 범죄행위를 통해 드러나는 것이 아니라 늘 행해지고 있기 때문에 우리들 스스로가 범죄로 인식하지 못한다는 점을 유념해야 할 것이다.

인생의 길

상류사회의 사람들에겐 타인과 자신에 대해 거짓말을 하지 말아야 하는 것 외에도 늘 회개하려는 자세가 필요하다. 교양과 우아함, 재기 발랄한 형태로 우리에게 뿌리내려진 이 오만과 독선을 내 몸에서 떼어내려는 활동이 절실하게 필요하다. 그리고 스스로를 가리켜 나는 내가 가진 유용한 것들을 민중과 나눠 갖는 민중의 은인이며 진보주의자라고 자처하던 교만에서 탈피해, 나 같은 인간은 진실로 죄악에 둘러싸인 타락한 존재이며 이 세계에 아무런 도움도 되지 않는 인간이었다고 스스로를 고백해야 한다.

상대방의 얼굴을 똑바로 바라보며 비난하는 것은 가장 수치스러운 행동이다. 왜냐하면 그것은 그 사람에 대한 모욕이기 때문이다. 상대방이 없는 곳에서 그를 비난하는 것은 가장 치사한 행동이다. 왜냐하면 그것은 그를 속이는 것이기 때문이다. 우리는 상대방의 잘못을 들춰내거나 타인의 나쁜 점을 입에 담아서는 안 된다. 나의 잘못을 시인하고 수정하는 데만도 때로는 평생이 소요된다.

자신의 손에 의해 목이 졸리고 있는 상대방의 얼굴을 쳐다보지 않았다는 이유로, 혹은 나와 똑같은 범죄를 저지르고 나와 똑같은 거짓말로 세상을 속이는 자들이 많다는 이유만으로 우리는 스스로를 정당하다고 착각하는 일이 많다. 당신은 지금 당신 손에 쥐어진 그 돈이 누구로부터 나왔는가를 알지 못하는 한 분명 범죄자도 아니고 살인자도 아니다. 하지만 만일 그 돈이 어디에서 나왔는지 알고 있다면, 또 충분히 짐작할 수 있다면 누군지 모를 피해자 때문이 아니라 바로 당신의 양심 때문에 당신은 범죄자이며 살인자가 될 수밖에 없다.

❦ 인생의 길

스스로를 칭찬하지 말라. 다른 사람을 비난하지 말라. 서로 투쟁하지 말라.

❦ 인생의 길

다른 누군가를 비난하는 것은 옳지 못한 행동이다. 왜냐하면 비난당하는 자가 그것을 어떻게 받아들일지 아무도 알 수 없는 일이기 때문이다.

❦ 인생의 길

자신의 욕망을 위해 다른 사람에게 거짓말을 하는 것은 분명 나쁜 일이다. 하지만 더욱 주의해야 할 것은 자기 자신에게 하는 거짓말이다. 이런 거짓말을 특히 조심해야 하는 이유는 타인에게 하는 거짓말은 언젠가 진실이 폭로될 수 있지만, 스스로에게 내뱉은 거짓말은 그 누구도 진실을 알려주지 않기 때문이다. 그러므로 우리는 나 자신에게 아무리 사소한 거짓말이라도 함부로 꾸며서는 안 된다. 특히 신앙적인 문제일 때 더욱 주의해야 한다. 구원은 거짓으로 얻을 수 있는 문제가 아니기 때문이다.

🍀 인생의 길

타인이 겪는 고통을 지켜보면서 인간은 깊은 동정심 외에도 그같이 참혹한 고통을 이겨내는 사람에 대한 존경과 그 사람을 자칫 모욕한 적은 없는가 하는 공포를 함께 겪는다.

🍀 1854년 12월의 세바스토폴

타인의 악행에 관심이 적은 사람일수록 자기 자신에게 엄격하다.

🍀 인생의 길

진정한 권력이란 타인을 정복하는 데서 시작되는 것이 아니라 나의 동물적인 본능에 영혼을 구속시키지 않는 데서 시작된다.

우리는 무엇을 해야 하는가? 이 질문에 대해 내가 나 자신에게서 발견한 대답은 다음과 같다.

첫 번째, 스스로에게 거짓말하지 말 것. 이성이 보여준 진리의 길에서 자신의 인생이 아무리 멀리 빗나갔더라도 진리를 두려워하지 말 것.

두 번째, 타인보다 자신이 정당하고 뛰어나고 독립적이라는 자만심을 버리고 자신의 나약함과 어리석음을 인정할 것.

세 번째, 인류의 영원한 내일을 위해 최선을 다할 것. 즉 자신과 타인의 생활을 조화롭게 유지하고자 전력을 다해 본능과 맞설 것.

자아란 무엇인가. 무한한 것 중의 극히 작은 일부이다.

우리 시대의 정신병자란 타인에게서 정신착란의 징후를
확인한 후 자신에게선 아직 이런 징후가 발생하지 않은 것에
감사하는 자들을 말한다.
🍎 악마

나방이 불을 향해 달려드는 것은 날개가 타는 고통을 미처 깨닫지 못했기 때문이다. 물고기가 낚싯바늘을 삼키는 것은 그 때문에 자기 몸이 멸망하게 될 것이라는 점을 모르기 때문이다. 그런데 인간은 육욕에 의해 삶이 파멸할 수 있다는 사실을 잘 알면서도 이 자학과도 같은 쾌락에 일생을 허비한다.

필요 없는 것을 버릴 때 삶은 자유롭다

욕망이 적으면 적을수록 인생은 행복하다. 이는 오래된 명언처럼 들리지만, 결코 쉽게 실천할 수 없고 인정받기 힘든 진리이기도 하다.

🍎 인생의 길

현대에서 발생하는 모든 범죄와 사악한 이기심은 사유재산을 합법화한 데 따른 피해이다. 사유재산제도는 착취하는 자와 착취당하는 자 모두를 괴롭히는 고뇌의 근원이며, 이 제도를 악용하는 정부의 양심을 괴롭히는 형벌이며, 가진 자와 못 가진 자 사이에 발생하는 증오와 수치의 원인이다. 사유재산제도는 범죄의 근원인 동시에 현대사회의 모든 활동이 지향하는 목표이며, 현대사회의 모든 활동을 이끌어가는 유일한 목적이다.

🍎 우리는 무엇을 해야 하는가

자유로운 삶의 첫 번째 행동원칙은 필요 없는 것을 버리
는 데 있다.

무슨 일이 있어도 다음과 같은 규칙을 따를 것. 여성과의
교제를 사회적인 죄악으로 판단하고 가능한 한 멀리할 것. 호
색, 방종, 경박 및 육체적 욕망이 요구하는 타락의 원인은 오직
여자라는 이 알 수 없는 존재들 때문이다. 남자의 본성인 용기,
강한 의지, 분별, 공정이 무너지는 이유도 오직 여자 때문이다.

아그즈나라는 유부녀가 나의 삶을 엉망으로 인도하고 있
다. 오늘은 깊은 숲속에서……. 나는 정말 바보다. 한 마리 짐
승에 불과하다. 그녀의 구릿빛 육체, 깊은 눈. 나는 이 세상에
태어난 후 처음으로 누군가에게 빠져들고 있다. 다른 아무런
생각도 떠오르지 않는다.

인간은 각자 고유한 습관을 가지고 있다. 그런데 흡연과 음주는 모든 인간이, 그야말로 부자와 가난뱅이를 가리지 않고 동일하게 누릴 수 있는 습관으로 여겨진다. 이런 기호식품에 집착하는 원인은 인생에 대한 불만에서 비롯된다고 생각한다. 그리고 이런 인생의 불만은 그가 육체적인 쾌락을 추구했기 때문에 발생한다. 육체는 정신과 달리 만족을 모른다. 왜냐하면 육체에겐 스스로 깨달을 만한 지적인 도구가 없기 때문이다.

❦ 인생의 길

여자가 필요하다. 육체적인 욕망은 내게 단 한순간도 평화를 허락하지 않는다.

❦ 일기

노동이 저주가 아니라 기쁨이라고 생각하는 인간에게 자신의 육체가 아닌 또 다른 사유재산, 다시 말해 타인의 노동을 착취할 권리와 가능성이 존재한다는 것은 대체 어디서 생겨난 발상일까.

❦ 우리는 무엇을 해야 하는가

마슬로바의 성장과정은 평범했다. 마슬로바는 늙은 두 자매의 집에서 가축을 돌보는 비천한 여종의 사생아로 태어났다. 그녀의 어머니는 죽을 때까지 단 한 번도 결혼하지 않았음에도 불구하고 거의 해마다 아이를 낳았다. 그러나 시골에서 늘 벌어지는 일이듯이 아이를 돌보지 못해 굶겨 죽이곤 했다. 다섯 명의 어린아이가 이런 식으로 죽었다.

🍎 부활

어떤 아버지가 두 아들과 함께 살고 있었습니다. 그는 자식들을 향해 항상 이렇게 말하곤 했습니다.

"이 다음에 내가 죽은 후 무엇이든 똑같이 나눠 가져라."

하지만 막상 아버지가 돌아가시자 두 형제는 남겨진 재산을 놓고 싸우게 되었습니다.

형제는 이 문제를 해결하기 위해 마을에서 가장 지혜롭다는 한 노인을 찾아갔습니다. 형제의 이야기를 들은 노인은 아버지가 어떤 유언을 남겼는지 물어보았습니다.

"무엇이든 똑같이 나눠 가지라고 말씀하셨습니다."

그러자 노인은 이렇게 대답했습니다.

"옷은 모두 둘로 찢으십시오. 쟁기며 호미 같은 도구도 몽땅

둘로 쪼개십시오. 짐승들도 반으로 갈라버리십시오."

형제는 노인의 충고에 감사하며 곧장 집으로 달려가 그대로 따랐습니다. 그리고 결국 아무것도 갖지 못했습니다.

국가, 즉 정부가 국민을 속이거나 필요 없는 전쟁을 일으키는 가장 큰 원인은 한마디로 욕심 때문이다. 예를 들어 라인 강 연안, 아프리카, 중국의 영토, 발칸 반도의 영토를 둘러싸고 벌어지는 갈등과 충돌은 모두 국가 간의 욕심이 원인이다. 은행가, 상인, 공장주, 지주가 악랄하게 노동자를 수탈하고 교활하게 재산을 축적하는 이유도 바로 이 욕심 때문이다. 모든 사회 구성원들이 한푼이라도 더 갖기 위해 발버둥치며, 서로 속이고 괴로워한다. 재판소와 경찰은 한술 더 떠 이 같은 잘못된 관습을 바로잡기는커녕 자신들은 사유재산을 보호하기 위해 존재한다고 역설한다. 징역과 감옥 역시 사유재산제도를 존속하기 위해 생겨났다.

오늘날 굶어죽는 자는 거의 없다. 하지만 너무 많이 먹어
죽는 자는 많다.

그는 이미 2년 전의 성실하고 순수하며 헌신적이었던 네플
류도프가 아니었다. 오직 자기 자신의 쾌락만을 철저하게 추구
하는 이기주의자로 변해 있었다. 자연과의 교감이나 위대한 사
상가와 작가가 보여주는 공상의 세계보다 인간이 만들어낸 제
도와 동료들과의 교제를 더욱 절실하고 중요하게 생각했다. 여
성들도 더 이상 신비하고 매혹적인 존재가 아니었다. 그의 가
족이나 친구의 부인들을 제외하곤 모든 여성들을 단순한 노리
개쯤으로 여겼다. 전에는 돈도 별로 쓰지 않고 관심도 없었지
만, 지금은 어머니가 매월 지급하는 1400루블이 모자라 툭하
면 어머니에 대한 불쾌한 감정이 솟구치곤 했다.

네플류도프에게 이런 놀라운 변화가 생긴 까닭은 그가 자신
을 믿지 않고 타인을 믿게 된 탓이었다. 그는 자신만을 믿고 의
지하며 살아간다는 것이 얼마나 괴로운 일인가를 깨닫게 되었
던 것이다.

하나님과 이웃에 대한 영적인 사랑과 남녀간의 육체적인 사랑은 같은 '사랑' 이라는 단어로 불리고 있는데 이는 큰 잘못이다. 이 두 가지 감정의 공통점은 전혀 없다. 전자, 즉 하나님과 이웃에 대한 영적인 사랑은 신의 음성이며, 후자, 즉 남녀간의 성적인 사랑은 배란기에 접어든 동물의 울부짖음이다.

🍎 인생의 길

한 사람이 불필요한 것을 많이 갖고 있을수록 다른 사람들은 필요한 많은 것을 잃게 된다.

🍎 인생의 길

인간이 훌륭하게 삶을 살아가려면 무엇보다 이성이 절대적으로 필요하다. 즉 삶에서 가장 중요한 것은 바로 우리의 이성이다. 그런데 사람들은 이 이성을 담배, 보드카, 아편과 바꾸는 것을 조금도 지체하지 않는다. 대체 무엇 때문일까. 그 이유는 아마도 담배를 피울 때, 보드카를 마실 때, 아편을 들이켤 때 이성이 방해가 된다고 생각했기 때문일 것이다.

🍎 인생의 길

쓸데없는 육욕을 절제하는 데 가장 유용한 방법은 내가 진정 영적인 존재였는가를 되새겨보는 일이다. 성욕의 실체, 다시 말해 저급한 동물적 본능에서 벗어나고 싶다면 내가 인간이라는 점을 상기하면 된다.

나방이 불을 향해 달려드는 것은 날개가 타는 고통을 미처 깨닫지 못했기 때문이다. 물고기가 낚싯바늘을 삼키는 것은 그 때문에 자기 몸이 멸망하게 될 것이라는 점을 모르기 때문이다. 그런데 인간은 육욕에 의해 삶이 파멸할 수 있다는 사실을 잘 알면서도 이 자학과도 같은 쾌락에 일생을 허비한다.

어떤 사람들은 동정童貞을 지키는 것이 인간의 본성에 위배된다고 주장한다. 하지만 이것은 어디까지나 잘못된 관념이다. 인간이 동정을 지키는 것은 충분히 가능하며, 이런 인내와 절제야말로 인간의 삶이 동물의 삶과 다르다는 증거가 된다.

인간의 성욕은 가장 풀기 힘든 수수께끼와 같다. 아직 성욕을 깨닫지 못하는 어린아이와 성욕으로부터 버림받은 노인을 제외하면, 환경과 연령을 불문하고 누구나 이 성욕으로 고통스러워한다. 그러므로 어린아이와 노인을 제외한 모든 인간은 이 동물적 본능의 공격에 대비해 항상 자신을 주의 깊게 살펴봐야 한다.

육체적인 욕망을 마음껏 누리면서도 양심의 가책을 피하고 싶다면 먼저 영혼을 황폐하게 만들면 된다.

아내가 아닌 다른 여성과의 성적 접촉은 남자의 건강에 유익한가 혹은 유해한가 하는 질문은 타인의 생피를 빨아들이는 것이 인간의 건강에 유익한가 혹은 유해한가 하는 질문과 같은 의미이다.

사유재산이란 무엇을 뜻하는가. 사유재산이란 오직 나 혼자만이 누릴 수 있는 것, 항상 내가 원할 때 마음대로 처분할 수 있는 것, 누구도 빼앗을 수 없는 나만의 것, 일생 동안 내가 누릴 수 있는 것, 즉 개인의 한없는 이기심을 뜻한다.

많은 사람들이 이 같은 사유재산을 자기 자신과 혼동하고 있다. 마치 욕망과 생명을 혼동하듯이 욕망할 수 없다면 죽은 것과 다를 게 없다는 식으로 이 사유재산을 지키고 확장하기 위해 전쟁, 사형, 재판, 감옥, 강간, 살인, 파멸을 향해 아무 거리낌 없이 달려가고 있다.

우리는 무엇을 해야 하는가

일부러 어린아이를 낳지 않으려고 고민하는 것은 일종의 죄악이다. 첫째, 모든 쾌락은 고통을 수반하게 마련인데 성애의 기쁨으로 주어지는 육아의 고통에서 벗어나려는 것은 신의 섭리에 대한 인간의 반항이다. 둘째, 출산을 기피하는 것은 인간의 양심을 거스르는 행위이며, 이는 분명 간접살인이라고 할 수 있다.

크로이처 소나타

육신을 아름답게 꾸미는 옷보다 양심을 아름답게 꾸미는 옷이 필요하다.

인생의 길

과학과 예술은 분명 훌륭한 인간의 정신활동이다. 하지만 과학과 예술은 훌륭해질수록 스스로 타락하며, 퇴폐에 물드는 경우가 많다. 과학과 예술의 존재이유가 인간에게 봉사하는 데 있다는 사실을 잊어버리고 사람들에게 권위와 명예, 안락한 생활을 요구하는 것이다.

중요한 것은 많은 지식이 아니다

종교적인 미신보다 사람들에게 더 큰 해악을 끼치고 있는 무서운 미신이 있다. 이것은 아주 오랜 옛날부터 인간의 마음 속에 숨어 있었으며, 현재도 계속 확산되고 있다. 그리고 이 미신을 전력으로 지지하는 세력이 바로 과학이다. 이 미신은 종교적인 미신과 거의 구분이 잘 안 된다. 왜냐하면 이 같은 미신은 인간에 대한 인간의 의무 외에 더욱 가공할 존재에 대한 의무를 주장하고 있기 때문이다. 신약성서에는 이 가공할 존재의 명칭이 신이었다. 정치학은 국가라고 불렀다. 종교가 이 미신에 사로잡혔을 때 사제는 이 가공할 존재에게 삶을 희생해야 한다고 가르쳤고, 폭력을 포함한 여러 가지 수단으로 인간 자신을 희생물로 만들었다. 정치가들이 미신에 사로잡혔을 때 위정자들은 인간에 대한 인간의 의무보다 더욱 중요한 의무가 존재하고 있다며 사람들에게 희생을 요구했고, 국가는 인간의 생명으로 유지될 수 있다는 그릇된 믿음 아래 모든 폭력을 합법화했으며, 또 그렇게 하는 것이 마땅하다고 주장했다. 오늘날에는 이 같은 미신이 과학의 절대적인 지지를 받고 있다. 많은 사람들이 일찍이 존재하지 않았던 매우 두렵고도 처참한 노예 상태에 빠져 있다. 그러나 과학은 이것이 당연한 결과이며, 다른 상태는 존재할 수 없다는 것을 사람들에게 이해시키려고 노력한다.

❦ 우리는 무엇을 해야 하는가

과학의 올바른 목적은 인류의 행복을 증대시키는 데 필요한 진리의 인식이다. 인간의 생활에 해악을 미치는 거짓된 정당화가 과학의 목적은 아니다. 그런데 법률학, 경제학, 그중에서도 철학과 신학은 그 같은 잘못된 목적을 확산시키는 과학으로서 활동하고 있다.

❦ 인생의 길

학문을 왕관처럼 타인에게 자랑해서는 안 된다. 또 젖소처럼 생계의 수단으로 생각해서는 안 된다.

❦ 인생의 길

양립하기 어려운 두 가지 개념 중 지식과 이익 또는 학문
과 물질만큼 양립이 불가능한 개념도 없다. 만일 학식을 갖추
기 위해 돈이 필요하다면, 학식을 돈으로 살 수 있거나 팔 수
있다면 그것은 사는 사람이나 파는 사람 모두에게 씻을 수 없
는 죄로 남을 것이다. 그리스도는 성전에서 장사꾼들을 추방했
다. 마찬가지로 학문의 전당에서도 이 가증스러운 장사꾼들을
추방해야 한다.

🍎 인생의 길

지식은 끝이 없다. 그러므로 그 사람보다 더 많이 알고 있
다는 말은 거짓말이다. 단지 조금 많이, 혹은 조금 빨리 알게
되었을 뿐이다.

🍎 인생의 길

인간이 지식을 수용하는 능력은 한정되어 있다. 그러므로
지식은 노력할수록, 또 암기할수록 많이 알게 된다는 생각은
잘못된 편견이다. 쓸데없는 내용을 머릿속에 잔뜩 집어넣으면
정말 필요한 것들을 이해하는 데 큰 방해가 된다.

🍎 인생의 길

지난날 교회와 국가의 폭력을 정당화한 신학자들은 성직자로서 누릴 수 있는 특권을 남용하며 일반 서민들에게 "황제, 성직자, 귀족의 권리는 신성하다"는 가르침을 강요해왔다. 마찬가지로 오늘날 철학과 법률학처럼 이른바 과학으로 불리는 학문들이 일반 서민들에게 "사회체제는 현재 있는 그대로 유지되어야 하며, 다른 어떤 형태로도 변형될 수 없다"는 가르침을 강요하고 있다.

우리는 무엇을 해야 하는가

중요한 것은 많은 지식이 아니다. 알 수 있는 것, 즉 알 수 있는 모든 지식 중에서 가장 필요한 지식을 찾는 일이다.

인생의 길

우리가 문화라고 부르는 모든 시도, 즉 과학, 예술, 생활의 쾌적함과 정신적 성숙은 하나같이 인간의 이성적, 자연적 요구를 속이려는 시도에 불과하다. 위생학이나 의학으로 불리는 것은 하나같이 인간의 본능적, 육체적 요구를 속이려는 시도에 불과하다.

우리는 무엇을 해야 하는가

우리가 과학이라고 부르는 것은 대부분 부자들의 착상에 지나지 않으며, 부자들의 여가를 다양하게 만드는 것밖에 되지 않는다.

모른다는 것은 수치가 아니다. 또 범죄도 아니다. 모든 지식을 안다는 것은 아무도 할 수 없는 불가능한 일이다. 모르는 지식을 아는 것처럼 행동하는 것이야말로 수치이며 범죄이다.

과학의 임무는 민중을 위한 죽음이다.

올빼미는 어두운 곳에서는 눈이 보이지만 태양 아래서는 아무것도 구별할 수 없다. 학자도 마찬가지다. 그들은 생활에 불필요한 학문상의 지식은 많이 알지만 인생에서 가장 필요한 것, 즉 인간은 어떻게 살아야 되는지에 대해서는 아무것도 모르며, 또 알 수도 없다.

상류사회 사람들은 자신들이 누리는 문명 또는 문화라고 불리는 개념이 다수의 노동자를 억압한 결과로 얻어진 올무라는 사실을 간과해서는 안 된다.

🍎 세기의 종말

진정한 학문은 두 가지 특징을 갖고 있다. 첫 번째 특징은 내적인 특징이다. 다시 말해 학자는 자신의 이득은 고려하지 않고 자신을 희생시키며, 자신의 사명을 수행하는 데 일생을 바친다. 두 번째 특징은 외적인 특징인데, 학자가 발표한 사상이 모든 사람들에게 이해될 수 있어야 한다.

🍎 인생의 길

학자란 사회에서 통용되는 모든 지식을 흡수한 자를 일컫는다. 문화인이란 현재 사회에서 유행하는 기류를 모조리 알고 있는 사람을 일컫는다. 교양인이란 무엇 때문에 자신의 삶이 지속되는가, 무엇을 위해 자신은 이 땅에 태어났는가를 알고 있는 사람을 말한다. 우리는 학자 또는 문화인이 되려고 노력할 필요는 없다. 교양인이 되도록 노력해야 한다.

🍎 인생의 길

많은 책을 읽고, 책에 쓰인 모든 내용을 암기하는 것보다 차라리 한 권의 책도 읽지 않는 편이 낫다. 한 권의 책도 읽지 않은 사람 중에 현명해진 사람은 아주 많다. 하지만 많은 책을 읽은 사람 중 현명해진 사람은 극소수이다. 그 이유는 책을 많이 읽은 사람은 타인의 생각을 믿었고, 책을 읽지 않은 사람은 자신을 믿었기 때문이다. 타인을 믿는 것보다 자신을 믿는 편이 낫다.

🍎 인생의 길

과학과 예술이 인류의 진보를 촉진했다고 말하는 것은 물결에 의지해 전진하는 배를 가리켜 노젓기를 잘한 덕분이라고 말하는 것과 같다.

🍎 우리는 무엇을 해야 하는가

과학과 예술은 분명 훌륭한 인간의 정신활동이다. 하지만 과학과 예술은 훌륭해질수록 스스로 타락하며 퇴폐에 물드는 경우가 많다. 과학과 예술의 존재이유가 인간에게 봉사하는 데 있다는 사실을 잊어버리고 사람들에게 권위와 명예, 그리고 안락한 생활을 요구하는 것이다.

🍎 우리는 무엇을 해야 하는가

모든 인간은 인류의 이성이 만들어낸 모든 지식을 이용할 권리가 있다. 하지만 그와 동시에 인류가 만들어낸 모든 지식을 자신의 이성으로 검토해야 할 책임이 있다.

현대의 과학자들은 거드름을 피우며 자신만만하게 말한다. "우리는 오직 사실만을 연구의 대상으로 삼는다." 그들은 이 말 한마디면 모든 의문이 풀릴 것이라고 생각한다.

하지만 과학자들이 사실을 연구한다는 것은 거짓말이다. 왜냐하면 우리 주위에는 이미 밝혀진 사실이 너무나 많기 때문이다. 그리고 존재하는 사실을 구태여 연구해야 될 필요성이 없기 때문이다. 사실을 연구한다는 그들의 명분보다 중요한 것은 이처럼 우리 주변에 존재하는 무수한 사실 중 과연 무엇을 사람들에게 먼저 알려야 되는가이다. 과학자들이 무언가를 연구하기 전에 가장 먼저 생각해야 될 점은 바로 이것이다. 그러나 현대의 많은 과학자들이 이 같은 의무를 무시하고 있다. 그들은 무엇을 알려야 될지 전혀 모르는 것 같다. 어쩌면 그들 말대로 모르는 척하는지도 모른다.

　성인의 반열에 오른 자가 어느 날 갑자기 자기 안에는 성스러운 흔적이 남아 있지 않으며, 모든 성직자들은 로마 교황이나 종무원처럼 저주받을 존재에 불과하다는 사실을 깨닫는 순간, 그들은 구원을 위한 종교가 아닌 종교를 위한 종교를 내세우게 된다. 과학도 자기 안에 상식의 흔적마저 남아 있지 않은 것을 깨닫자마자 상식을 위한 과학이 아닌 과학을 위한 과학을 내세우게 된다.

🍎 우리는 무엇을 해야 하는가

　과학자와 예술가는 민중에게 봉사하는 것을 자신의 목적으로 삼았을 때 비로소 완전해질 수 있다. 그러나 오늘날 수많은 과학자와 예술가가 정부와 자본가에게 봉사하는 것을 자신의 목적으로 삼고 있다.

🍎 우리는 무엇을 해야 하는가

한마디 말로 인간과 인간을 연결시킬 수 있다. 한마디 말로 인간과 인간을 떼어놓을 수도 있다. 한마디 말로 사랑할 수 있다. 한마디 말로 적개심과 증오의 대상이 될 수도 있다.

모름지기 자신의 언어로 말하라

민중은 이미 독자적인 문학을 가지고 있다. 그것은 어떤 작가도 모방할 수 없는 살아 있는 언어이며, 한 개인이 꾸며낸 허구도 아니다.
🍎 일기

교만한 학자들은 라틴어의 복잡한 문장과 단어를 함부로 사용해 매우 단순한 의미를 난해하게 만들어버린다. 하지만 우리가 명심할 점은 난해함이 총명함의 다른 이름이 될 수 없다는 점이다. 어떤 학자의 이론이 정말 뛰어나다면 그는 자신도 해독하기 힘든 라틴어 대신 민중의 언어를 통해 더욱 단순하게 표현했을 것이다.
🍎 인생의 길

언어는 사상의 표현이며, 인간과 인간을 연결시키거나 떼어내기도 한다. 그러므로 언어는 신중히 다루어야 한다.

한마디 말로 인간과 인간을 연결시킬 수 있다. 한마디 말로 인간과 인간을 떼어놓을 수도 있다. 한마디 말로 사랑할 수 있다. 한마디 말로 적개심과 증오의 대상이 될 수도 있다.

미치광이에 대한 최선의 대우는 침묵이다. 상대방에게 무언가를 요구하며 말할 때마다 당신의 그 쓸데없는 한마디 한마디가 그의 입으로 되풀이될 것이다. 그를 모욕할 때마다 그의 입으로 되풀이될 것이다. 이것은 불에 장작을 집어넣는 것과 같다.

언어는 우리가 일부러 왜곡된 의미를 부여하지 않는 한 언제나 분명한 의미를 갖는다.

시간은 지금도 흘러가지만, 한번 입 밖에 내뱉은 말은 영
원히 남는다.

입 밖에 내지 않은 말은 황금보다 값지다.

사무적인 대화는 남이 말하는 것을 이해하는 능력을 필요
로 하지 않는다. 오로지 자신이 무엇을 말하고 싶어하는지를
알고 있으면 그만이다.

만일 내가 대중잡지의 발행인이었다면 나는 기자들에게 이
런 말을 할 것입니다. 아무거나 써도 상관없지만 인쇄소에서
막 찍혀 나온 잡지를 운반해주는 짐마차의 마부라도 이해할 수
있는 어휘를 사용해주기 바란다고 말입니다. 이렇게 된다면 잡
지들은 좀더 건전하고 유익해질 것입니다.

우리는 총알이 장전된 총이 위험하다는 것은 알지만, 말도
이와 마찬가지로 언제든 주인을 위험하게 만들 수 있다는 사실
은 깨닫지 못한다. 말은 사람을 죽일 수도 있고 살인보다 더 큰
죄를 저지를 수도 있다.
인생의 길

만일 내가 황제였다면 자신도 그 의미를 이해하지 못하는
작가들에게서 글을 쓰는 권리를 박탈해버린 후 백 대의 곤장을
가하라는 법률을 발포했을지도 모릅니다.
스트라호프에게 보낸 편지

인간 상호간의 지적 교류에 필요한 수단은 오직 언어뿐이
다. 이 교류를 가능케 하는 것도 언어이며, 그 목적도 결국 언
어의 발전에 있다. 그러므로 우리는 아무리 사소한 대화일지라
도 하나의 문장이 품고 있는 정확한 개념을 사람들이 이해할
수 있도록 올바른 어휘를 선택해야 될 것이다.
인생에 대하여

언어는 사상의 표현이다. 사상은 신의 존재를 증명하는
거울이다. 그러므로 언어는 그 언어가 표현하는 대상의 성격과
항상 일치되어야 한다.

🍂 인생의 길

교사가 자신의 일을 사랑하기만 한다면 그는 분명 좋은 교사로 기억될 것이다. 교사가 학생에 대해 부모와 같은 사랑을 갖고 있다면 비록 많은 책을 읽지는 못했어도 자신의 일과 학생에 대한 회의로 괴로워하는 유능한 교사보다 훨씬 더 오래 기억될 것이다.

자유, 변하지 않는 교육의 가치

어떤 사상가일지라도 그의 시대가 필요로 하는 정신만을 표현할 수 있다. 그러므로 이 같은 정신을 애써 젊은 세대에게 가르치려는 것은 무의미한 짓이다. 이미 젊은 세대들은 이 사회를 통해 자신들에게 무엇이 필요한지 알고 있기 때문이다.

🍎 국민교육에 대하여(1862)

자유는 학생이나 교사에게 가장 중요한 교육의 조건입니다. 이는 변하지 않는 교육의 가치이며, 내가 유일하게 인정하는 교육의 특성입니다. 체벌을 통해 위협하거나 상賞을 약속하는 지식은 아이들의 정신을 변화시킬 수 없을 뿐만 아니라 오히려 그 아이의 일생을 따라다니며 욕망의 노예로 만드는 원인으로 작용하게 될 것입니다.

🍎 훈육에 대하여; 불가코프에게 보낸 편지

학교는 학생이 쾌적하게 공부할 수 있도록 만들어진 공간이
아니라 교사가 쾌적하게 가르칠 수 있도록 만들어진 공간이다.
국민교육에 대하여(1862)

학교는 교육기관인 동시에 항상 새로운 결론과 맞닥뜨려
야 하는 젊은 세대를 위한 하나의 실험실이기도 하다. 실험이
교육의 기초가 되었을 때 비로소 학교는 그 존재이유를 달성했
다고 할 것이다.
국민교육에 대하여(1862)

훈육이란 인간을 훌륭하게 만들겠다는 일념 아래 인간이
다른 인간에게 가하는 정신적인 폭력이다. 교육이란 지식을 얻
으려는 인간의 욕구와 획득한 지식을 전달하려는 다른 인간의
욕구를 동시에 만족시키는 자유로운 인간관계이다. 교수, 즉
'unterricht'는 교육 및 훈육의 수단이다. 훈육과 교육의 차이점
은 훈육이 강제적인 의무라면 교육은 자유로운 요구라는 점이
다.
훈육과 교육

훈육이 인간 본성의 또 다른 결점이라고 표현할 생각은 없지만, 분명한 것은 인간에게 훈육의 필요성이 절감된다는 현실은 우리가 여전히 미숙한 사상에 의지에 이성적인 활동을 전개하고 있는 반증이라는 점이다.

🍎 훈육과 교육

타인을 가르칠 권리는 존재하지 않는다. 나는 결코 인간에게 그 같은 권리가 있다고 생각하지 않는다. 누군가에게 강제로 교육받는 젊은 세대도 인정하지 않을 것이다. 이것은 인간의 고유한 본능이며, 예전에도 인정되지 않았고 앞으로도 인정되지 않을 것이다. 인간에겐 강제적으로 부과되는 교육에 대항할 의무가 있기 때문이다.

🍎 훈육과 교육

정해진 틀에 인간의 감정과 이성을 부어넣는 훈육은 결코 유익할 수 없다. 이 같은 가르침은 합법적이지도 않고, 또 합법화되어서도 안 된다.

🍎 훈육과 교육

　　훈육이란 한 인간이 다른 인간을 자신과 똑같은 사고방식을 지닌 개체로 만들고 싶어하는 욕망이다(그것은 마치 부자에게 빼앗긴 부를 되찾고 싶어하는 가난한 민중의 욕망, 혹은 생기발랄한 젊은이를 보았을 때 느끼는 노인의 선망과 유사하다). 내가 생각하기에 교사가 그토록 맹목적으로, 그리고 열광적으로 한 인간을 가르치는 데 헌신할 수 있는 까닭은 아직 때 묻지 않은 어린 학생의 선한 눈망울을 자신과 똑같은 눈, 즉 세상의 이기심과 욕망으로 더러워진 자신의 시선으로 만들고 싶다는 소망이 숨어 있기 때문이다.

🍎 훈육과 교육

　　교육에서 가장 중요한 것은 무의식적인 감화입니다. 어린이들을 정신적인 감화로 이끌기 위해서는 교사의 평소 생활이 아이들에게 부끄럽지 않아야 합니다. 그렇다면 아이들에게 부끄럽지 않은 생활이란 대체 무엇일까요. 그것은 모든 사람들을 진심으로 사랑하는 생활입니다. 만약 사랑할 수 없다면 사랑하려고 노력하는 생활입니다. 이런 교사의 마음가짐이 어린 학생들에게 전해질 때 비로소 온전한 교육이 이루어질 것입니다.

🍎 자유로운 학교에 대하여; 비류코프에게 보낸 편지

대학에는 아주 희한한 교리가 존재한다. 그것은 교수가 로마 교황과 마찬가지로 절대로 잘못을 저지르지 않는다는 교리이다. 뿐만 아니라 교수에 의한 학생들의 교육은 이교노의 승려들 사이에서 진행되는 가르침처럼 언제나 내밀히 이루어지며, 학생들의 절대적인 복종과 존경을 요구한다. 교수는 일단 한번 임명되면 언제든지 원할 때에 타인을 가르칠 권리가 부여된다. 그리고 한번 교수로 임명되면 어리석은 자든 그 직무수행이 불가능할 정도로 미련한 자든 또는 학문에 대한 흥미를 완전히 상실한 자든 또는 성격적으로 경멸받아 마땅한 인간이든 간에 살아 있는 한 강의를 계속할 수 있다.

🍎 훈육과 교육

교사가 자신의 일을 사랑하기만 한다면 그는 분명 좋은 교사로 기억될 것이다. 교사가 학생에 대해 부모와 같은 사랑을 갖고 있다면 비록 많은 책을 읽지는 못했어도 자신의 일과 학생에 대한 회의로 괴로워하는 유능한 교사보다 훨씬 더 오래 기억될 것이다.

🍎 교사에 대한 일반적 의견

교육은 평등에 대한 인간의 욕구이며 교양의 향상을 위한 불변의 법칙이다. 이것은 모든 인간이 누려야 할 정신적 활동이다.

학교는 아이들에게 상을 주거나 벌을 줘서는 안 되며, 또 그런 일을 할 권리도 없다. 최선의 교육법은 학생에게 완전한 자유와 자치를 부여하는 데 있다. 나는 이 진리를 단 한 번도 의심한 적이 없다.

교사와 학생의 가장 좋은 관계는 자연스러움이다. 이 같은 자연스러움에 대립되는 관계가 바로 강제적인 의무이다. 이에 대해서는 그 누구도 이의를 제기할 수 없을 것이다. 그러므로 모든 교수법은 학생들과 얼마나 자연스러운 관계를 유지할 수 있느냐에 달려 있다. 학생에게 부과하는 중압감과 의무가 적을수록 훌륭한 교사이며, 강요되는 정도가 크면 클수록 부적합한 교사가 될 수밖에 없다.

교육의 진보는 교사와 학생간의 자연스러운 관계를 더욱
증대시키고 강제적인 의무를 축소시킴으로써 이루어진다.

🍎 국민교육에 대하여(1874)

교육은 어떤 인간을 다른 인간과 구별하지 않기 위한 최소
한의 도구이다.

🍎 우리는 무엇을 해야 하는가

무정부사회란 복지에 필요한 공공시설이 사라지는 것을 의미하는 게 아니라 폭력을 통해 사람들을 종속시키던 국가기관이 사라지는 것을 의미한다. 이성이 주어진 인간이라면 모두 무정부사회를 꿈꾼다. 평등과 정의는 오직 인간 스스로 쟁취해야 한다. ✐

사람들은 평등과 정의를 꿈꾼다

인류는 애국심이라는 집단적인 정신착란에 휩싸일 때마다 전쟁을 일으켰다.

🍀 기독교와 애국심

시대를 막론하고 왜 백성을 지배하는 권력자들은 항상 잔인하며 배덕하고 비타협적일 수밖에 없는가를 이해하려면 우선 정부라는 공식기관이 권력을 얻기 위해 어떤 짓을 저질렀는가를 생각해보면 된다. 그리고 국가가 국민을 위해 일한다고 말할 때 창녀가 자신의 처녀성을 자랑하고, 알코올중독자가 절제를 이야기하고, 강도가 남을 구제하겠다고 말하는 것을 떠올리면 된다.

🍀 인생의 길

권력이 사라진다면, 즉 정부가 사라진다면 인간의 삶은 어떻게 변할까. 나는 이 어리석은 질문에 다음과 같이 대답하고 싶다. 우선 정부가 수없이 자행해온 모든 악행이 사라질 것이다. 다시 말해 토지의 무분별한 사유화도 중단되고, 국민을 궁핍으로 몰아넣던 세금의 수탈도 없어지고, 무지한 교만으로 시작된 각 민족의 분열도 해소되고, 인간이 다른 인간을 노예로 만드는 죄악도 사라지고, 전쟁 준비로 국민의 노동을 낭비하던 산업도 소멸하고, 폭탄을 던지고 매일 교수형을 실행하는 이 비인간적인 법률도 중단될 것이다. 무엇보다 몇몇 인간만이 누리던 물질적 축복과 그들의 물질적 축복을 위해 강제로 희생된 가난한 민중의 눈물이 사라지게 될 것이다.

❦ 폭력의 법칙과 사랑의 법칙

국가는 허구적인 존재이다. 실재하는 존재로서 국가는 일찍이 단 한 번도 존재한 적이 없다. 마찬가지로 지금도 국가는 존재하지 않는다. 실재하는 것은 나머지 인간을 지배하는 단 한 사람이며, 그를 추종하는 몇몇 인간들의 자유뿐이다.

❦ 보스니아와 헤르체고비나의 병합에 대하여

오늘날 모든 사람들에게, 그가 신앙을 가진 사람이든 신앙을 갖지 않은 사람이든 상관없이 "당신은 실생활에서 어떤 가르침을 따르고 있습니까"라고 물어보라. 그들은 자신들이 하나의 가르침, 즉 제2국(황제 직속의 입법을 담당하는 기구)의 관리들, 또는 입법회의가 만들고 경찰이 집행하는 법률을 따르고 있음을 고백할 것이다. 이 법률은 유럽이 인정하고 있는 유일한 가르침이다. 우리는 이 가르침이 하늘에서 내려온 것도, 예언자가 광야에서 외친 것도, 인간 상호간의 합의에 의해 탄생한 것도 아니라는 사실을 잘 알고 있다. 우리는 항상 정부의 관리와 입법회의가 만든 비인간적인 법률을 비난하지만 여전히 이 가르침을 인정하고 있으며, 그 충실한 집행자인 경찰에 복종하고 경찰의 어떤 강요에도 무조건적으로 고개를 숙이고 있다. 길거리의 청년들은 하나같이 이 법률에 의해 청춘을 능욕당하고 살해되며, 또 언제든 타인을 죽일 수 있도록 세뇌받고 있다. 뇌물에 눈먼 저 어리석은 관리들 때문에 우리는 어제와 오늘과 내일이 서로 모순될 수밖에 없는 삶을 강요받고 있는 것이다.

🍎 내 신앙의 귀결

사람들은 국가에 의한 자유를 그리워한다. 하지만 국가의 모든 정치기구는 어떤 자유와도 타협할 수 없는 폭력으로 이루어졌다.

무정부사회란 복지에 필요한 공공시설이 사라지는 것을 의미하는 게 아니라 폭력을 통해 사람들을 종속시키던 국가기관이 사라지는 것을 의미한다. 이성이 주어진 인간이라면 모두 무정부사회를 꿈꾼다. 평등과 정의는 오직 인간 스스로 쟁취해야 한다.

오늘날 애국심은 과거의 잔혹한 전설일 뿐이다. 정부와 지배계급은 자신들의 권력뿐 아니라 자신들의 존재마저 이 편협한 사상과 연결시켜 교묘한 폭력으로 국민들의 애국심을 부채질하고 있다. 즉 사회구성원의 동일한 이해를 바탕으로 국가와 민족의 근거를 유지하는 것이 아니라 권력의 방패로 애국심을 이용하는 것이다.

사람들은 스스로 폭력적이고 강압적인 권력에 정당성을 부여했다. 그리고 국가의 잔인한 명령에 항상 복종한다. 국민들은 국가권력이 행사하는 악행보다 절대적인 국가권력이 사라진 후 발생할 참담한 혼란이 더욱 두렵다고 말한다. 그러나 이런 의구심은 이제 버릴 때가 되었다. 사람들의 이 같은 두려움은 국가의 교육을 통해 각인된 망상이며, 현재와 같은 국가권력이 존재하기에 혼란은 더욱 가중되고 있다.

국가가 국민에게 저지르는 가장 큰 잘못은 바로 거짓을 진실처럼 여기게 한다는 점이다. 국가는 인간의 양심에 위배되는 행위, 즉 가난한 민중으로부터 과도한 세금을 걷고, 선량한 시민을 재판하고, 사형을 집행하고, 전쟁을 일으키는 행위가 모두 정의를 위한 어쩔 수 없는 선택이었다고 변명한다. 더군다나 국가는 이들 행위에 대한 변명뿐 아니라 일반 민중들을 동원해 이 같은 비양심적이며 비도덕적인 행위를 자행하고 있다.

역사적인 사건이 발생하게 된 원인은 대부분 권력 때문이다. 그렇다면 권력이란 무엇인가. 권력이란 한 개인이 짊어져야 할 민중의 의지이다. 그렇다면 민중의 의지는 어떻게 한 개인에게 옮겨질 수 있는가. 한 개인이 다수를 대표하겠다는 의지를 표명했을 때이다. 다시 말해 권력이란 결국 권력이다. 권력은 우리가 이해할 수도, 의미를 확인할 수도 없는 단어이다.

🍎 전쟁과 평화

인간은 국가 없이 존립할 수 없다. 이것은 황제와 장관들, 부자, 그리고 가난한 민중들까지 모두 확신하고 있는 우리 시대의 새로운 진리이다. 하지만 이해할 수 없는 점은 황제와 장관, 부자의 이 어리석은 확신은 그들이 국가로부터 얻어내는 갖가지 이권들을 통해 이해할 수 있지만, 국가로부터 항상 수탈의 대상으로 지목된 가난한 민중들까지 이런 잘못된 망상에 사로잡혀 있는 까닭이다. 아마도 두 가지 견해에서 생각해볼 수 있을 것 같다. 첫째는 그들이 국가의 선전에 속은 것이고, 둘째는 그들도 언젠가는 자신들이 황제와 장관, 그리고 부자가 될 수 있다고 믿기 때문이다.

🍎 인생의 길

계단의 가장 낮은 곳에 서 있는 자들은 애국주의와 거짓된 종교의 가르침으로 백치가 되었기 때문에, 그리고 개인적인 이익에 눈이 어두워졌기 때문에 자신들의 자유와 인간의 자긍심을 포기한 채 물질적 이익을 제공해주는 보다 높은 곳에 서 있는 자들의 숨소리만 살피고 있다. 이들보다 약간 높은 곳에 서 있는 자들도 마찬가지다. 이들 또한 백치가 되었기 때문에, 그리고 주로 개인적인 명예 때문에 자신들의 자유와 인간의 긍지를 포기하고 있다. 이들보다 좀더 높은 곳에 자리잡은 자들도 이와 마찬가지다. 그리하여 이 계단을 다 올라가면 맨 꼭대기에서 한 인간을 만나게 된다. 그는 더 이상 원하는 것도 없고 새롭게 움켜쥘 만한 대상도 찾지 못한다. 다만 권세욕과 허영심만이 가득할 뿐이다. 이들은 자신보다 낮은 계단에 서 있는 자들로부터 아첨과 굴종만을 듣기 때문에 항상 죄를 자행하면서도 인류에 대한 희생으로 피곤하다고 생각한다.

🍎 죽이지 말라

권력은 육체적 폭력에서 시작된다.

🍎 하나님 나라는 그대 안에 있다

　내가 누구든 간에, 가령 타인을 착취하는 부유층일지라도,
혹은 부자들에게 고용되는 노동자일지라도 그것이 어느 경우
든 반항에 의한 불이익은 복종에 의한 불이익보다 작고, 반항
으로 얻어지는 이익은 복종으로 얻어지는 이익보다 크다.
　🌱 하나님 나라는 그대 안에 있다

　권력이란 그들 앞에 무릎 꿇은 자에게만 통용되는 관념이
다. 우리가 그들에게 고개를 숙이고, 아침마다 인사를 건네고,
그들이 던져주는 빵을 줍기 위해 무릎을 꿇지만 않는다면 그들
이 우리와 똑같은 인간에 불과하다는 사실을 깨닫게 될 것이다.
　🌱 인생의 길

　정부의 본질적인 특징은 국민으로부터 권력을 요구한다는
점이다. 그렇기 때문에 국가의 절대권력을 인정한 시민은 모두
자기 자신이 스스로를 억압하는 꼴이 된다. 정부는 시민에게
폭력뿐 아니라 폭력에 대한 지지까지 요구하는 것이다.
　🌱 인생의 길

강도는 주로 부자들의 집을 털지만 정부는 주로 가난한 자들의 집을 턴다. 가끔 부자들의 재물을 약탈해 가난한 사람들에게 돌려주는 의적이 출현하곤 하는데, 마찬가지로 아주 가끔은 부자들을 위해 더 이상 가난한 백성을 수탈해서는 안 된다고 생각하는 정부가 출현하기도 한다. 강도는 도둑질을 할 때마다 자기 목숨을 걸지만 정부는 도둑질을 할 때마다 항상 백성의 목숨을 내건다. 강도는 폭력을 써서 강제적으로 누군가를 자신의 일원으로 끌어들이려고 하지 않지만 정부는 군인들을 동원해 백성을 공범으로 끌어들이기를 즐긴다. 강도는 탈취한 재물을 조직원들과 골고루 나눠 갖지만 정부는 탈취한 백성의 소유물을 제멋대로 나눠준다. 강도는 사람들에게 자신의 행위가 정당하다고 주장하지 않지만 정부는 종교적 · 애국주의적 압력을 내세워 어린아이들과 자라나는 청소년에게 자신의 행위를 정의로 인식시킨다.

❤ 인생의 길

나는 하나님과 인간의 관계를 파괴하고자 눈을 번뜩이는 법률을 인정하고 싶지 않으며, 인정할 수도 없다.

❤ 부끄러워하라

많은 국가들이 자국의 국민들로부터 지탄을 받는 까닭은 정치가들 스스로 자신들은 국민의 노동을 이용할 권리가 있다고 인정했기 때문이다.

🍎 우리는 무엇을 해야 하는가

국가의 존립 근거는 이미 오래 전에 사라졌다. 문명이 발달할수록 인간은 집단이 아닌 개체의 속성으로 돌아가는 것이 마땅하다. 하지만 우리는 일찍이 가져본 적이 없는 위대한 문명을 향유하면서도 여전히 국가의 존립을 필요로 하고 있다. 인간은 예전에 사회가 발전하고 진화할수록 인간성은 더욱 숭고해지고 모든 계층으로 확산되리라 믿었다. 그러나 실제로는 사회가 세분화할수록 우리는 서로를 의심하게 되었고, 문화가 진화할수록 우리는 타인의 것을 취하는 방법만 더욱 자세히 알게 되었다.

🍎 인생의 길

인간의 사회적 불평등과 불만은 대부분 관청에서 만들어지고, 무지한 관리들에 의해 더욱 심화된다.

🍎 우리는 무엇을 해야 하는가

권력을 획득하고 권력을 유지하기 위해서는 우선 권력을 자기 자신보다 사랑해야 한다. 이 같은 권력욕은 성실과 맺어질 수 없고 대신 거만, 교활, 잔인 등 성실과 정반대되는 개념들로 이루어진다.

권력은 자신을 존중하는 만큼 타인을 억압할 때 장기화되고 위선과 거짓말, 감옥, 요새, 사형, 살인을 통해 획득된다.

나의 경험을 통해 이야기하자면, 권력은 한 개인의 의지가 절대다수의 동일한 의지를 꺾는 데서 시작되는 종속관계이다.

그리스도의 가르침에 따르면 선량한 인간이란 겸손하고 인내하며, 악에 대해 폭력으로 대항치 않고, 수치를 당해도 용서하고, 적을 사랑할 수 있는 자이다. 반대로 악인이란 오만하고 권력을 추종하며, 투쟁에 열광하고, 타인에게 폭력을 휘두를 때 환희를 느끼는 자이다.

국민이 더 이상 정부를 따르지 않는다면 세금도 권력에 의한 압력도 병역도 전쟁도 모두 사라질 것이다. 이는 매우 간단하고 손쉬운 일로 생각된다. 그러나 오늘날 많은 사람들이 이를 실천하지도 않고, 또한 실천할 생각조차 하지 않고 있다.

그렇다면 이유가 무엇일까. 사람들은 정부가 사라지면 하나님의 지배를 받게 된다는 사실을 직감적으로 확신한다. 그들에게 정부의 무분별한 수탈과 강압보다 더욱 끔찍한 고통은 인간다운 도덕적인 삶인 것이다.
❦ 세기의 종말

국가의 구조가 안고 있는 첫 번째 해악은 이웃간의 애정을 단절시킨다는 데 있다. 이 편협하고 이기적인 기관은 국민이 국가 외에 다른 누구를 사랑하면 금세 질투를 느끼고는 어떻게 해서든 죄를 뒤집어씌워 추방할 생각만 한다.
❦ 인생의 길

국가의 성립은 많은 사람들의 동의를 얻어 이루어진 것이므로 공정하다고 말한다. 그러나 단지 수많은 어리석은 백성의 찬성으로 성립된 국가가 진정 공정해질 수 있는 것일까. 나는 이들의 주장에 반론하고자 한다. 첫째, 국가는 분명 다수의 동의로 성립되었다. 하지만 다수의 동의를 얻는 데에 소수의 폭력이 이용되었다. 즉 다수의 동의가 각 개인의 이성적인 판단에 의해서가 아니라 군중의 공포로 인해 결정되었던 셈이다. 따라서 나는 다수의 동의를 내세우는 국가의 변명은 거짓이라고 생각한다.

둘째, 절대다수의 지지를 받을지라도 한 인간에 의해 수많은 사람들이 지배당하는 것은 평등에 위배된다. 단순히 평등에 위배될 뿐만 아니라 인간이 인간들을 지배하던 시기는 끝났다. 우리가 말하는 국가는 표면적으로는 분명 다수이지만 결국 그 속내는 국가라는 이름으로 불리는 한 개인일 뿐이다.

🍂 인생의 길

권력을 손아귀에 넣은 자들은 선량한 시민의 억울한 피해를 막기 위해서라도 자신에게 권력이 필요했다고 말한다. 그들의 이런 주장은 자신들이야말로 사회와 국가를 위협하는 존재로부터 국민을 지켜낼 수 있다는 말과 같다.

하지만 권력을 행사하는 것은 필연적으로 폭력일 수밖에 없으며, 폭력을 사용하는 것은 어쩔 수 없는 경우라고 할지라도 엄연히 죄악이다. 그러므로 권력을 행사한다는 것은 타인에게 범죄를 저지르는 것과 같다.

반대로 복종을 선택했다는 것은 폭력보다 인내를 더 소중히 여긴다는 뜻이다. 폭력보다 인내를 소중히 여길 줄 안다는 것은 선善이 무엇인지 알고 있다는 뜻과 같다. 그러므로 한 집단이나 개인이 복종 대신 권력을 선택했다는 것은 그가 결코 선인이 될 수 없으며, 본질적으로 악을 추종해온 인간이라는 점을 증명하는 셈이다.

❤ 하나님 나라는 그대 안에 있다

우리가 어쩔 수 없이 타락한 교회를 섬기듯 정부에 대해서도 같은 마음으로 섬기고 있다. 자신의 믿음이 그릇되지 않았다는 것을 증명하기 위해 억지로 경건한 표정으로 말도 안 되는 설교를 주일마다 듣는 것처럼 우리는 우리 손으로 인정한 국가가 잘못되지 않았다는 것을 증명하기 위해 투표를 하고, 법을 지키고, 세금을 내는 것이다.

❤ 인생의 길

신과 인간의 계율에서 벗어난 매춘부들의 만성적인 일탈행위는 필요악이라는 그럴듯한 미명하에 정부의 비호를 받았다. 이곳에서 몇십만 명의 젊은 여성들이 병에 걸렸고, 나이보다 빨리 늙었고, 비참하게 죽어갔다. 정부는 이 모든 것을 단지 합법이라는 이유만으로 묵인하는 것이었다.

🍎 부활

마슬로바를 면회하면서 네플류도프는, 자신이 용서를 구하고 그녀를 위해 있는 힘을 다하면 그녀가 크게 감동하여 다시 과거의 순수했던 마슬로바로 되돌아갈 것이라고 기대했다. 그런데 예전의 순수했던 마슬로바는 이미 사라진 지 오래였고, 지금은 저속한 매춘부 마슬로바만이 존재할 뿐이었다. 그것이 네플류도프를 무척 당황하게 만들었다.

더구나 그녀는 자기 모습을 부끄러워하지 않을 뿐 아니라 도리어 그것에 만족하며 자랑스럽게 여기는 것처럼 보였다. 하지만 어떻게 생각하면 그럴 수밖에 없는 일이었다. 누구나 자신에게 그 일이 가장 중요하다고 생각되는 인생관의 지배를 받게 마련이다. 대부분의 사람들은 도둑이나 살인자, 스파이, 매춘부 등이 자신의 직업에 대해 부끄럽게 여긴다고 생각하지만 실은 그렇지 않다. 그들은 어떤 위치에 놓이게 되더라도 자기가 훌륭하고 존경할 만한 가치가 있다고 여겨지게끔 만들도록 애쓴다. 도둑이 민첩성을 자랑하고, 매춘부가 음란함을 자랑하며, 살인마가 잔인함을 자랑할 때마다 우리는 깜짝 놀라게 된다. 하지만 그것은 그런 사람들이 속한 집단이 얼마 안 되고, 또 우리는 그 집단의 바깥에 머무르기 때문이다. 생각해 보면 부자가 착취의 산물인 재산을 자랑하고, 위정자가 탄압의 수단인 권력을 자랑하는 것도 이와 같은 맥락이라고 볼 수 있다.

🍎 부활

그는 죄수들과의 개인적인 접촉이나 변호사 및 감옥의 관계자, 죄수들이 남긴 수기를 통해 어떻게 한 인간이 범죄자로 분리되는지 알게 되었다.

우선 첫 번째 집단은 메니쇼프나 마슬로바처럼 아무 죄도 없이 다만 재판상의 실수로 범죄자가 된 사람들이었다. 이런 집단의 죄수는 그리 많은 편은 아니었지만 조사에 의하면 약7퍼센트 가량이었다. 그는 이들에게 특별히 많은 관심을 기울였다.

두 번째 집단은 분노하거나 질투에 사로잡히거나 만취한 상
태에서 저지른 행위로 인해 범죄자가 된 사람들이었다. 누구나
그런 상황에 직면한다면 틀림없이 실수를 저질렀을 것이다. 이
런 집단의 범죄자들이 전체의 반을 넘었다.

세 번째 집단은 자신들의 관점에서는 당연하다고 생각된 행
위가 정치가들이 제정한 법률에 저촉되어 유죄판결을 받은 사
람들이었다. 즉 밀수자들, 지주의 숲이나 국유림의 나무를 허
락 없이 벤 농민들, 강도, 정교를 믿지 않는 사람들과 교회에서
도둑질한 사람들이 이 집단에 속했다.

네 번째 집단은 정신적인 능력이 사회의 평균 수준을 뛰어
넘었다는 이유만으로 붙잡힌 사람들이었다. 분리파 교도와 조
국의 독립을 위해 반란을 일으킨 폴란드인, 반정부 활동을 주
도한 사회주의자나 동맹파업 노동자 같은 정치범 대부분이 네
번째 집단을 이루고 있었다.

마지막 다섯 번째 집단은 그들이 사회에 저지른 죄보다 사
회가 그들에게 지은 죄가 더 많은 사람들이었다. 이들은 세상
에서 버림받고 끊임없는 박해와 유혹을 못 이겨 도덕적으로 둔
감해진 사람들이었다. 감옥 안팎의 많은 사람들이 자신도 모르
는 사이에 이 같은 집단에 소속되었다. 이들은 생활을 위해 범

죄를 저지를 수밖에 없는 상황이었다. 네플류도프가 감옥에서 만난 많은 사람들, 도둑, 살인자, 새로운 교파를 창시한 사이비 교주들, 소위 방탕하고 타락한 사람들은 모두 이 마지막 집단에 포함되었다.

네플류도프가 만난 죄수들은 대부분 훌륭한 소질과 성격을 타고났음에도 마치 황무지에 버려둔 식물이 제멋대로 뿌리를 내려 흉하게 변질되는 것처럼 사회의 무관심 속에 영혼이 황폐해진 사람들이라는 사실을 깨달았다.

부활

"정부가 제시한 금액을 세금으로 내십시오"라고 나는 정부로부터 명령을 받았다. 또 정부를 자칭하는 자들로부터 나는 "당신은 군인이 되어 정부가 죽이라고 명령하는 사람들을 죽이겠다고 맹세하십시오"라는 명령도 받았다. 나는 그들의 명령을 이해할 수 없어 "정부란 대체 누구입니까?"라고 물었다. 그러자 "정부가 정부지 뭔가?"라고 대답했다. 내가 다시 "그러니까 대체 그 정부가 누구란 말입니까?"라고 묻자 그들은 "사람이다"라고 대답했다. "그 사람이 대체 누구입니까? 무슨 특별한 사람이라도 됩니까?"라고 묻자 "그런 건 아니고 당신과 똑같은 보통 인간이다"라고 대답했다. "그렇다면 무엇 때문에 내가 나와 똑같은 사람의 명령을 따라야 한단 말입니까? 그것도 선한 명령이라면 모르겠지만, 이런 더러운 일을 나에게 강요할 수는 없습니다. 날 그냥 내버려두시오"라고 말해버렸다.

100명 중 1명이 99명을 지배한다면 이는 분명 부당한 일이다. 이것은 어떤 정치이념으로 미화할지라도 전제정치에 불과하다. 만약 10명이 90명을 지배한다고 해도 이는 분명 부당한 일이다. 왜냐하면 어떤 정치이념으로 미화할지라도 이것은 어디까지나 과두정치이기 때문이다. 반대로 51명이 49명을 지배한다면(물론 이런 생각은 터무니없는 공상에 지나지 않는다. 실제로는 51명 중 10명 내지 11명이 나머지를 지배할 것이다) 이는 완벽한 정치이다. 이것이 진정 자유이다.

역사의 발전에 따라 오늘날 국가는 인류의 삶을 인도하는 주도적인 역할을 맡게 되었다. 국가는 국민에게 지속적인 정의와 평안, 생활의 보장, 공공질서의 확립, 일반적 · 정신적 · 물질적 욕구의 충족을 약속했다. 그리고 국민은 자신들을 대신해 국가를 돌볼 임무가 주어진 정치가들이 인류의 보편적인 생활의 투쟁에서 제외되는 것을 인정했다. 이것은 어디까지나 정치가들의 사명이 한 개인의 생활에 희생될 수 없다는 공익적인 판단에 의해서였다. 하지만 이제 정치가들은 마치 지난날의 성직자들이 그래왔던 것처럼 자신들에게 민중의 노동을 착취할 권리가 주어졌다고 확신한다. 그들의 목적은 한때 국민이었으나 지금은 국가의 영원한 존속으로 변질되었다. 그들에게 국가의 영원한 존속은 민중의 노동력을 영원히 착취할 수 있다는 말과 동일하기 때문이다. 현대 유럽의 정치가들은 국왕에서부터 하층 관리에 이르기까지 로마에서도 프랑스에서도 영국에서도 러시아에서도 나태와 방종과 교만으로 몸을 치장하고 있다.

그로 인해 대다수 국민들은 국가에 대한 신뢰를 잃었고, 무정부주의야말로 이 타락한 세상을 개혁할 수 있는 이상적인 정치사상으로 인식되기에 이르렀다.

🍎 우리는 무엇을 해야 하는가

악한 자는 항상 선한 자에게 권력을 휘두르며 폭력을 행사하고 싶어한다.

평화로운 시대가 지속되면 정치가들은 다음과 같은 유혹에 빠져든다. '내가 다스린 덕분에 저 어리석은 백성들은 편하게 살고 있다. 나는 이 나라에서 정말 없어서는 안 될 인간이다.' 정치가들은 이처럼 단순한 교만을 자신이 수고한 데 따른 최대의 보수라고 생각한다. 작은 배에 몸을 싣고 백성이라는 큰 배를 따라 망망한 바다를 떠다니는 정치가들은 눈앞의 큰 배가 평안할 수 있는 까닭은 자신들이 이 거친 바다를 잠재운 덕분이라고 착각하는 것이다. 하지만 갑자기 거대한 파도가 일어 큰 배가 소용돌이에 빠지기 시작하면 그때부터는 더 이상 정치가의 착각이 허용될 수 없다. 큰 배는 자신의 힘으로 거대한 파도와 맞서 싸우고, 그 사이 정치가를 태운 작은 배는 어느새 거친 바다에 버려진 불필요한 존재로 전락하는 것이다.

국가의 존립 이유는 시민을 착취하는 것뿐 아니라 시민을
타락시키기 위해서입니다…….

역사적으로 살펴봤을 때 정치가들의 활동 중 인류의 삶
에 절대적인 도움이 된 경우는 거의 없다. 뿐만 아니라 그들의
활동은 항상 폭력과 더불어 시작되며, 처음 설정한 목표를 완
수하기 위해 살인, 방화, 투옥, 강제 징세 등을 아무 거리낌 없
이 자행한다.

따라서 국가 활동의 효용성은 모든 사람들에게 인정받지 못
한 채 항상 일부 사람들의 강한 반발을 낳게 된다. 그리고 이
반발은 국가의 정책과 마찬가지로 항상 폭력과 더불어 확산된
다는 특징을 갖고 있다.

우리들 모두가 알고 있는 일이지만 법률은 사욕, 기만, 각
당파의 정치투쟁으로 생겨난 결과물이다. 법률은 공평과 정의
를 내세우지만 실은 진정한 공평이 무엇인지, 절대적인 정의가
어디에서 비롯되는지 잘 모르고 있다. 그러므로 현대를 살아가

는 우리들은 민법과 국법을 따르는 것이 인간 본성의 이성적 요구를 충족시키는 유일한 방법이라는 국가의 주장을 받아들일 수 없다. 인류는 경험을 통해 진실이 의심되는 법률이 얼마나 위험한지 잘 알고 있다. 합리성과 필연성이 결여된 법률은 언제나 인간의 무의미한 희생으로 지속된다.

🍎 하나님 나라는 그대 안에 있다

Lev Nikolaevich Tolstoi

영혼의 길

어린이는 어른보다 총명하다. 어린이는 인간에게 지위와 신분이 있음을 이해하지 못한다. 어린이는 자기 안에 살고 있는 영혼과 동일한 영혼이 모든 인간의 내면에 깃들어 있다는 진실을 마음에서부터 느끼고 있다.

영혼보다 숭고한 것은 없다

인간의 삶은 몇 가지 단계로 나뉘어져 있다. 먼저 갓난아기, 어린아이, 그리고 성인, 마지막에 노인이 된다. 하지만 인간이 어떤 단계를 거치든 그는 항상 자신을 가리켜 '나' 라고 말한다. 그리고 '나' 는 그에게 항상 동일한 의미로 다가선다. 유년기에도 성년기에도 노년기에도 똑같이 '나' 로 존재한다. 그리고 이 변함없는 '나' 야말로 우리가 영혼이라고 부르는 그 무엇이다.

🍎 인생의 길

"살인하지 말라"는 명령은 인간에 대해서만이 아니라 모든 생명에 대한 규칙이다. 이 계명은 석판(모세의 십계명)에 새겨지기 전에 먼저 인간의 마음에 새겨졌다.

🍎 인생의 길

모든 인간의 내면에는 두 가지 종류의 인간이 살고 있다. 하나는 소경인 육체적인 인간이며, 또 하나는 눈을 뜨고 있는 영적인 인간이다. 전자인 소경은 먹고 마시고 일하고 쉬고 자식을 낳는 것 같은 활동을 태엽이 감긴 시계처럼 닥치는 대로 해치워버린다. 반면에 후자인 눈을 뜨고 있는 영적인 인간은 자기 스스로는 아무것도 하지 않지만, 소경인 동물적인 인간이 저지른 행위를 시인하거나 반성한다.

눈을 뜨고 있는 이 영적인 부분을 우리는 소위 양심이라는 그럴듯한 낱말로 정의 내렸다. 인간의 영적인 부분, 다시 말해 양심은 나침반의 바늘과 똑같은 작용을 한다. 나침반의 바늘은 우리가 도달하고자 하는 길에서 벗어났을 때 비로소 움직인다. 양심도 이와 동일하다. 양심은 인간이 해야 할 일을 하고 있는 동안에는 침묵을 지킨다. 하지만 인간이 진실한 길에서 벗어나면 양심은 곧 그에게 어느 쪽으로 얼마나 빗나갔는지를 일깨워준다.
🍎 인생의 길

영혼은 유리이다. 하나님은 유리를 통과하는 빛이다.
🍎 인생의 길

양심이란 모든 인간의 내면에 숨겨진 영적인 존재에 대한 자각이다. 양심이 그 같은 인식에서 벗어나지 않았을 경우 양심은 인간의 생활을 인도하는 충실한 벗이 된다. 그러나 대부분의 사람들은 이 영적인 존재에 대한 인식을 양심으로 받아들이지 않고, 대신 주위 사람들의 의견을 그대로 좇는 자신의 어리석은 행위를 양심적이라고 부른다.

🍃 인생의 길

병들지 않는 육체는 없다. 사라지지 않는 재물은 없다. 멸망하지 않는 권력도 없다. 이것들은 모두 약하고 덧없는 것들이다. 인간이 강인하고, 부를 누리고, 권력을 행사하는 것에 인생의 목적을 두고, 또 마침내 이 모든 것들을 갖게 되었을지라도 그는 여전히 불안하고, 공포에 떨고, 비애에 침묵하게 될 것이다. 왜냐하면 그는 일생 동안 거둬들인 모든 노고가 자신의 죽음과 함께 사라지는 과정을 지켜볼 수밖에 없기 때문이다.

이 불안과 공포로부터 인간이 구원받는 길은 오직 한 가지다. 그것은 사라져가는 것들이 아니라 멸망하지 않는 것, 아니 멸망할 수 없는 것을 의지해야 한다는 당연한 이치이다.

🍃 인생의 길

인간은 육체에 의해서가 아니라 영혼에 의해 산다. 만일 인간이 이를 인식하고 육체가 아닌 영혼에 일생을 바치게 된다면, 예컨대 사슬에 묶여 감옥에 갇혔을지라도 그는 여전히 자유이다.

❧ 인생의 길

왜 모두들 나를 좋아하지 않는 것일까. 나는 바보도 아니고 불구도 아니다. 악한 인간도 아니며 무지한 인간도 아닌데……. 이해할 수 없는 일이다.

❧ 일기

하나님, 내 마음속으로 들어와주십시오. 당신은 이미 제 안에 계십니다. 당신은 '나' 의 다른 이름입니다.

❧ 일기

사멸하지 않는 영혼에겐 자신과 마찬가지로 사멸할 수 없는 사업이 필요하다. 영혼에게 주어진 그 사업이란 자유와 세계를 위한 끝없는 완성이다.

❧ 인생의 길

인간이 동물보다 뛰어나다는 증거는 인간이 동물을 학대할 수 있기 때문이 아니라 인간이 동물을 불쌍히 여길 줄 알기 때문이다. 인간이 동물을 불쌍하게 생각하는 것은 동물도 인간과 마찬가지로 하나의 생명이라는 사실을 깨달았기 때문이다.

♥ 인생의 길

인간은 동물을 먹는 행위가 결코 죄가 될 수 없다고 생각한다. 더 나아가 가짜 전도사들에 의해 동물을 먹는 행위가 하나님의 용서를 받고 있다고 생각한다. 동물을 먹는 것은 분명 잘못이다. 만약 어떤 책에 인간이 동물을 먹어도 상관없다고 쓰여 있을지라도 인간의 마음에는 이미 '동물을 불쌍히 여겨야 한다. 인간과 마찬가지로 하나님이 지으신 생명이다' 라고 분명하게 쓰여 있다. 우리가 자기 안에 있는 양심을 죽이지 않는 한 우리는 모두 이 사실을 분명히 알고 있다.

♥ 인생의 길

생의 의문에서 방황하던 나는 언젠가 숲에서 길을 잃었을 때 품었던 것과 같은 기분을 느꼈다.

♥ 고백

만일 한 인간이 다른 이웃사람들 속에도 자신과 동일한 영혼이 새겨져 있다는 사실을 깨닫지 못한다면 그는 평생 잠들어 있는 것과 같다. 모든 인간에게서 공통적인 영혼을 발견한 자만이 인생과 하나님의 의미를 이해할 수 있다.

인생의 길

예를 들어 그 사람이 부도덕하고 불공평하고 어리석고 불유쾌한 상대여서 도저히 그를 존중해줄 마음이 생기지 않는다면 당신은 그로 말미암아 그와의 인간적인 관계뿐 아니라 영적인 세계 전체와의 관계를 단절해야 한다는 사실을 깊이 자각해야 한다.

인생의 길

나는 지난 2년 동안 일기를 쓰지 않았다. 이런 어린애 같은 장난을 할 때가 아니라고 생각했기 때문이다. 하지만 이것은 결코 어린애의 장난이 아니다. 내 영혼 속에 숨어 있는 거룩한 존재와의 대화이다. 나의 자아는 너무 오랫동안 잠들어 있었다. 그래서 나는 내 자신과 이야기할 수가 없었다.

부활

사람들은 손으로 만져볼 수 있는 것만을 실체로 여긴다. 그러나 실상은 그 반대로 보이지 않는 것과 들을 수 없는 것, 만져지지 않는 것이 존재하는 경우가 더 많다. 인간은 오직 육체만이 존재한다고 생각하지만, 인간이 이해하는 육체란 외부로 표출된 피부에 불과하다. 만질 수 없는 피와 살과 뼈가 육체의 근간인 것처럼 '나'로 불리는 존재는 다만 보이지 않는 영혼일 뿐이다.

'자신'이 살아 있다고 착각해서는 안 된다. 살아 있는 것은 '자기 자신'이 아니다. 살아 있는 것은 '자신' 속에 살고 있는 영적인 존재이다. '자신'이란 이 영적인 존재가 나타날 때 이용하는 문에 불과하다.

인간은 타인에게서 자신을 발견했을 때 비로소 자신의 삶을 발견하게 된다.

이 세상에 영혼보다 숭고한 것은 없다. 그리고 그 영혼은 모든 사람들 속에 존재한다. 그러므로 이 세상 어느 누구일지라도, 그것이 황제이거나 죄수일지라도, 혹은 대주교나 거지일지라도 모두 평등하다. 왜냐하면 모든 인간의 내면에 이 세상에서 가장 숭고한 영혼이 살고 있기 때문이다. 황제나 대주교를 걸인이나 죄수보다 중히 여기는 것은 하나의 금화가 흰 종이에 싸여 있고, 또 다른 금화는 검은 종이에 싸여 있다는 이유만으로 전자를 후자보다 존귀하게 받아들이는 것과 똑같은 어리석음이다. 모든 사람들 속에 내 안에 생존하는 영혼과 동일한 영혼이 살고 있다는 것, 그러므로 어느 누구도 다를 수 없다는 것, 이 중요한 진리를 항상 가슴에 새겨둬야 한다.

🍀 인생의 길

어린이는 어른보다 총명하다. 어린이는 인간에게 지위와 신분이 있음을 이해하지 못한다. 어린이는 자기 안에 살고 있는 영혼과 동일한 영혼이 모든 인간의 내면에 깃들어 있다는 진실을 마음에서부터 느끼고 있다.

🍀 인생의 길

다른 사람과 유대를 갖는다는 것은 매우 바람직한 일이다. 그렇다면 모든 사람과 관계를 맺으려면 어떻게 해야 되는가. 우선 나는 나의 가족과 관계를 맺고 있다. 하지만 다른 사람들과도 관계를 맺기 위해 나는 무엇을 해야 하는가. 나는 나의 친구들과 모든 러시아인, 모든 기독교도와 관계를 맺고 있다. 하지만 내가 모르는 사람들, 다른 민족, 이교도와도 관계를 맺으려면 무엇을 해야 하는가. 지구상에 존재하는 인간의 수는 매우 많으며, 그들은 모두 제각기 다른 길을 걷고 있다. 그렇다면 나는 어떻게 해야 되는가.

방법은 오직 한 가지이다. 내가 아닌 다른 존재를 타인으로 받아들이는 의식을 버리는 것이다. 타인과 유대를 맺는다는 생각을 버려야 한다. 내 안에서 숨쉬는 이 불멸의 영혼이 그들 속에도 동일하게 존재하고 있다는 사실을 받아들이기만 하면 된다. 우리 모두가 단지 하나의 거대한 영혼이라고 생각하면 된다.

🍎 인생의 길

만일 인간이 자기 주위의 이 무한한 세계를 눈에 보이는 작은 일부로 착각한다면 그의 인생은 커다란 잘못을 저지르게 된다. 인간이 자신이 아닌 외부를 인식할 수 있는 것은 시각, 청각, 촉각이라는 기본적인 감각을 가지고 있기 때문이다. 만일 이 같은 감각이 오직 나만을 위해 존재한다면 이 세계를 이해하기 위한 별개의 감각이 주어졌어야 마땅하다. 하지만 우리는 이 기본적인 감각을 통해 때로는 내면의 소리를 듣고, 자아를 바라보고, 영혼을 느끼듯이 외부에서 들려오는 또 다른 목소리와 새로운 세계와 나와 다른 타인의 생명을 느낀다. 이것이야말로 나와 세계가 같은 목적과 같은 의미를 지닌 존재임을 증명하는 증거이다.

☘ 인생의 길

영혼이란 무엇인가를 이해하는 것보다 육체란 대체 무엇인가를 이해하는 것이 나로서는 더욱 어려운 문제였다. 육체가 제아무리 가까이 있더라도 육체는 궁극적으로 '내가 도달할 수 없는 것'이며, 오직 영혼만이 '내가 도달할 수 있는 나의 것'이기 때문이다.

☘ 인생의 길

인간이 자기 속에 숨겨진 영혼을 인식하지 못하더라도 그
것이 그가 영혼을 갖고 있지 않음을 의미하는 것은 아니다. 다
만 스스로 자신의 영혼을 의식할 때까지 온전히 활동할 수 없
음을 의미할 뿐이다.

❦ 인생의 길

부끄러움이야말로 영혼이 가지고 있는 가장 성스러운
감정이다.

❦ 부활

신앙이란 인생에 대한 의의를 부여하는 힘이며, 생활의 방향을 부여하는 길이다. 살아 있는 인간이라면 누구나 인생의 의의를 찾고 있으며, 그에 따라 살고 있다. 인생의 의의를 찾으려 하지 않는 자가 있다면 그는 이미 죽음을 경험하고 있는 것이다.

참된 신앙은 고독과 침묵을 통해 마음속으로 스며든다

하나님을 인간의 사고로 이해할 수는 없다. 우리는 하나님이 존재하고 있음을 알고 있지만, 그것은 사고에 의해서가 아니라 내 안의 영혼이 하나님을 의식했기 때문이다.

인간이 참된 인간으로 활동하려면 하나님을 의식할 수 있는 능력을 길러야 한다.

🍎 인생의 길

우리가 만일 눈으로 보지 않고, 귀로 듣지 않고, 손으로 만져보지 않았다면 우리는 주위의 것을 무엇 하나 제대로 인식할 수 없었을 것이다. 우리가 만일 내 안의 하나님을 인식하지 않는다면 우리는 자기 자신마저 인식하지 못하고, 또 주위의 세계를 보고 듣고 만질 수도 없었을 것이다.

🍎 인생의 길

하나님의 존재는 모든 신앙인에게 근원 중의 근원이며, 원인 중의 원인이며, 시간과 공간을 초월한 존재이며, 이성이 도달할 수 있는 마지막 한계이다.

🍎 교의신학비판

하나님은 모든 사람의 행복을 원한다. 만일 당신이 모든 사람의 행복을 바란다면, 그리고 당신이 모든 사람을 사랑한다면 당신의 마음속에는 이미 하나님이 존재하고 있다.

🍎 인생의 길

하나님 없이 생명은 존재할 수 없다. 하나님을 인지하는 것과 산다는 것은 동일한 의미이다. 하나님이란 바로 삶이다.

🍎 고백

신앙이란 인생에 대한 의의를 부여하는 힘이며, 생활의 방향을 부여하는 길이다. 살아 있는 인간이라면 누구나 인생의 의의를 찾고 있으며, 그에 따라 살고 있다. 인생의 의의를 찾으려 하지 않는 자가 있다면 그는 이미 죽음을 경험하고 있는 것이다.

🍎 교회와 국가

　마음이 의혹과 불신으로 어두워져 있을 때 인간은 하나님
의 존재를 부정하고 의심한다. 이런 경우 가장 확실한 처방전
이 하나 있다. 그것은 하나님에 대한 모든 관념을 중단시키고
내 옆에 있는 단 한 사람을 위해 아주 사소한 일이라도 실천하
는 것이다. 그러면 어느새 마음을 괴롭히던 의혹은 사라지고
다시 하나님을 떠올릴 수 있게 된다.

　만일 당신이 일시적인 향락을 위해 생활을 낭비한다면 그
대는 하나님의 존재와 무관하게 살아갈 수 있다. 하지만 태어
나는 순간 내가 어디에서 시작되었는지, 그리고 육체의 소멸
후 대체 어디로 가야 하는지를 생각하고 있다면 나는 나를 만
들고, 또 기다리는 분이 있음을 인식해야만 할 것이다. 나는 내
가 인간의 이성으로 받아들일 수 없는 존재로부터 시작되었고,
또 그 존재로 회귀될 것을 의심하지 않는다.

　나는 나를 만들고, 또 기다리는 이 불가해한 존재야말로 하
나님의 진실한 모습이라고 확신한다.

하나님의 존재를 믿는 신앙을 잃었을 때 우리는 이미 죽은 생명체와 다를 것이 없다. 하나님을 발견하고 싶은 욕망이 없었더라면 나는 이미 예전에 스스로 목숨을 끊었을 것이다. 하나님을 느끼고, 하나님을 찾아 방황할 때만이 나는 진정 살아 있었다.

❦ 고백

인간은 무엇인가를 사랑해야만 한다. 하지만 진정으로 인간이 사랑해야 하는 것은 완전무결한 존재뿐이다. 완전무결한 존재란 조금의 악도 미치지 않은 존재이다. 이처럼 완전한 존재가 이 세상에는 단 하나만 존재한다. 바로 신이다.

❦ 인생의 길

무엇 때문에 이 사람들은 타인에게 자신의 신앙을 가르치려 드는 것인가. 그들이 참된 신앙을 가지고 있다면 신앙이란 인생의 의미이며, 사람들이 스스로 확립해야 하는 하나님과의 관계이기에 타인에게 가르칠 수 없고, 다만 가르칠 수 있는 것은 거짓된 신앙뿐이라는 사실을 그들도 잘 알고 있을 것이다.

❦ 교회와 국가

사람은 비록 평소에는 공기를 호흡하고 있다는 사실을 감
지하지 못하더라도 숨이 막힐 때면 자신도 모르게 무언가를 잃
었다는 상실감에 젖게 된다. 인간이 하나님에 대한 믿음을 상
실했을 때도 이와 비슷한 현상이 발생한다. 그는 왜 자신이 괴
로워하는지 그 까닭을 알지 못해 괴로워하는 것이다.

❦ 인생의 길

그리스도의 가르침은 사람의 아들, 다시 말해 인간이 안
고 있는 삶의 본질을 높이고 자신을 하나님의 아들로 사람들에
게 인식시키는 데 있다.

❦ 내 신앙의 귀결

분명 믿음은 필요합니다. 신앙 없이 인간은 살 수 없습니
다. 하지만 타인이 말하는 것을 그대로 받아들여서는 안 됩니
다. 자기 자신의 사상적 발전에 의해, 자신만의 이상에 의해 당
도한 것을 믿어야 합니다. ……저는 하나님을 믿습니다. 저만
의 참된 영혼을 믿는 것입니다.

❦ 빛은 어둠 속에서 빛난다

하나님이 존재하는가에 대한 물음은 나는 존재하는가라는 물음과 대체 무엇이 다른가.
🍎 일기

하나님과 인간은 오직 인간의 내면에서 만날 수 있다. 자기 안에서 하나님을 발견할 수 없었다면 하나님은 어디에서도 발견되지 않는다.

하나님을 자기 안에 인식하지 않는 자에게 하나님은 결코 존재하지 않는다.
🍎 인생의 길

모든 사람들이 자기 자신을 위해, 자신의 즐거움만을 위해 살고 있다. 그리고 신을 믿는다고 말한다.
🍎 부활

'기독교 국가' 란 본질적으로 '따뜻하고 뜨거운 얼음' 이라는 말과 같은 의미이다. 국가가 존재하지 않거나 기독교가 존재하지 않는 것 둘 중 하나이다.
🍎 교회와 국가

하나님을 인식한 사람은 하나님을 두려워할 수 없다. 하나님이 자기 자신의 존재를 두려워할 수 없기 때문이다.

더럽혀지지 않은 참된 삶은 신앙 속에, 공상 속에, 그리고 광기 속에 존재한다.

우리가 하나님을 인식하는 것은 이성에 의한 작용이 아니다. 우리는 하나님의 실존을 깨닫는 것이 아니라 오히려 감지한다. 믿음은 바로 이 같은 감성을 통해 유지된다. 하나님에 대한 믿음은 어머니의 손에 안겨 젖을 먹는 아이의 느낌과 유사하다.

갓난아기는 누가 자기를 안고 따뜻하게 키워주는지 모른다. 다만 그런 사람이 존재한다는 것을 어렴풋이 느낄 뿐이다. 아이는 그 느낌을 통해 자신을 안고 있는 사람을 사랑하게 되고, 어머니로 받아들이는 것이다. 인간과 하나님의 관계도 마찬가지다.

하나님에 대한 나의 생각은 모두 잘못된 관념이었다, 하나님은 존재하지 않는다는 생각이 문득 당신의 머리를 스치더라도 당황할 필요는 없다. 이는 누구에게나 흔히 발생하는 일이다. 그러나 지금까지 당신이 믿어온 하나님은 원래 존재하지 않았다는 생각이 당신을 유혹한다면, 만일 그동안 믿어온 하나님을 더 이상 믿지 못하게 되었다면 그때는 당신의 신앙이 어디에서 잘못된 것인지 돌이켜봐야 한다.

야만인이 나무로 조각한 신상神像을 더 이상 믿지 않는다는 것은 본디 하나님이 존재하지 않았음을 의미하는 것이 아니라 다만 하나님이 나무로 만든 목상이 아니었다는 것을 의미할 뿐이다. 우리는 하나님을 이해할 수 없지만 대신 더욱 깊이 하나님을 인식할 수 있다. 그러므로 우리가 하나님에 대한 어리석은 믿음을 버린다면 그것은 오히려 우리를 더욱 위대한 신앙의 길로 인도하는 계기가 될지도 모른다. 어쩌면 믿음에 대한 갈등이 우리가 하나님이라고 부르는 존재의 실체인지도 모르는 일이다.
🍎 인생의 길

"나는 하나님을 사랑한다는 것이 무엇을 의미하는지 모른다. 이해할 수 없는 미지의 존재를 인간이 사랑할 수 있을까.

내 이웃은 사랑할 수 있다. 이는 나의 이성으로 충분히 이해할 수 있는 일이며 인간으로서 당연히 행사해야 할 의무이다. 그러나 하나님을 사랑한다는 것은 잠꼬대와 같은 말이다." 많은 사람들이 이런 식으로 자신의 나약한 믿음을 위로한다. 하지만 이런 생각은 크게 잘못된 것이다. 그들은 이웃을 사랑한다는 것이 어떤 의미인지 전혀 이해하지 못하고 있다. 내 이웃을 사랑할 수 있다는 것은 우리들에게 유용한 사람만이 아니라 모든 사람을 동등하게, 가령 우리에게 고통이 되는 증오스러운 인간일지라도 사랑할 수 있어야 한다는 의미이다. 이웃을 이토록 사랑할 수 있는 것은 하나님을, 모든 인류의 내면에 공통적으로 존재하고 있는 하나님을 사랑하는 사람들만이 할 수 있다. 따라서 이해할 수 없는 것은 하나님을 사랑하는 것이 아니라 하나님을 사랑하지 않으면서 이웃을 사랑하겠다고 말하는 자들이다.

🍎 인생의 길

　패역한 생활을 영위하는 인간이 하나님을 부정하는 것은 당연한 결과다. 하나님은 오직 하나님만을 바라보고, 하나님을 향해 다가가려는 자에게만 존재하기 때문이다. 하나님에게 등을 돌린 채 하나님으로부터 점점 멀어지려는 자에게 하나님은 결코 존재하지 않으며, 또한 존재할 수도 없다.

나는 기독교를 특수한 하나님의 계시로서가 아니라, 또한 역사적 현상으로서가 아니라 다만 인생의 유일한 의미로서, 그리고 가르침으로서 받아들인다.

우리가 어떤 인물의 가르침을 위대하다고 말할 때는 일반인들이 이해하기 어려운 모호한 설명을 알기 쉽게 분명히 설명해주는 그의 능력에 대한 감탄이다.

그리스도의 가르침은 어디까지나 개인의 구원에 관한 것으로서 일반적인 국가적 문제에 개입시키는 것은 절대적으로 부당하다.

그리스도의 모든 가르침은 사람들에게 하나님의 나라, 즉
평화를 가져오는 데 있다.

신앙은 나의 것이다. 하나님에 대한 타인의 의견을 추종하
는 것으로 내 안의 신을 만날 수는 없다.

자신의 신앙이 의심된다면 그것은 이미 신앙이 아니다. 절
대적인 신앙은 혹시 자신이 거짓을 믿고 있는 것은 아닐까 하
는 망상이 떠오르지 않는다. 확신이 없다면 그것은 신앙이 될
수 없다.

타인의 신앙으로 하나님을 인식할 수는 없다. 하나님의 율
법, 즉 모든 인간의 마음에 공통적으로 새겨진 저 율법이 내 삶
을 통해 실행될 때 나는 하나님을 인식하게 된다.

신앙이 추구하는 사업이란 오직 신앙에 바탕을 둔 생활뿐이다. 생활은 그 무엇보다 높은 위치에 있으므로 생활은 생활에 의해서만 인식되는 하나님 외에는 그 무엇에도 종속될 수 없다.

신앙에는 두 가지 종류가 있다. 하나는 타인이 말하는 것을 믿는 신앙이다. 이것은 다른 사람을 위한 신앙이며, 이런 신앙에는 여러 종류가 있다. 또 하나는 자신을 이 세상에 보낸 자를 위한 신앙인데, 이것이 바로 하나님에 대한 신앙이며, 이 같은 신앙은 오직 한 가지 종류밖에 없다.

믿음은 '왜 그렇게 되는 것인가', '그래서 대체 어떻다는 말인가' 라고 반문하지 않는다. 우리에게 허락되는 모든 명령을 다만 믿을 뿐이다. 이것이 진정한 신앙이다. 진정한 신앙은 우리가 무엇이며, 우리가 무엇을 해야만 되는가를 우리에게 가르친다. 하지만 그 명령을 따른 결과가 무엇인지는 결코 가르치지 않는다.

만일 내가 하나님을 믿고 있다고 가정한다면 나는 내가 하나님에게 헌신한 결과, 어떻게 되었는가를 물을 필요가 없다. 왜냐하면 믿음은 결과로 향하는 과정이 아니라 바로 결과이기 때문이다.

인생의 참된 규칙은 매우 간단하기 때문에 쉽게 이해된다. 그러므로 사람들은 그 법칙을 잘 몰랐다는 구실로 자신의 추악한 생활을 변명할 수 없다. 만일 어떤 사람이 인생의 참된 규칙에서 벗어난 생활을 추구할 작정이라면 그는 먼저 이성을 버려야만 한다. 그리고 이성을 버렸다는 것은 이 법칙에서 이미 벗어났다는 것을 시인하는 셈이 된다.

그리스도의 가르침은 인류를 올바른 길로 인도할 수 있는 유일한 가르침이다. 그리스도의 이상을 피상적인 규칙으로 바꿔놓을 수는 없으며, 또 그렇게 해서도 안 된다. 그리스도의 이상을 있는 그대로 자신의 영혼 앞에 늘어놓는 것으로 족하다. 선택은 그대의 영혼에게 주어진 권리이다.

그리스도의 가르침은 진리에 대한 깨달음이다. 그러므로 그리스도를 믿는 행위는 예수에 관해 무엇인가를 믿는 것이 아니라 진리를 깨닫는 것이 된다. 그리스도의 가르침은 누구에게도 강요할 수 없으며, 또 사람들이 그리스도의 가르침을 실천하도록 명령할 수도 없다. 그리스도의 가르침을 이해하는 사람은 당연히 그리스도를 믿을 것이다. 왜냐하면 이 가르침이 그에게 진리이기 때문이다. 자신의 행복에 필요한 진리가 무엇인지 알고 있는 사람은 그 진리를 받아들일 수밖에 없다. 눈앞에 놓인 구덩이를 발견한 자는 구원의 밧줄을 기다리게 마련이다. 그리스도를 믿으려면 어떻게 해야 되는가라는 물음은 그리스도의 가르침을 이해하고 싶지 않은 인간의 어리석음을 증명하는 우문愚問에 지나지 않는다.

🍎 내 신앙의 귀결

사람의 생활은 그가 인생의 참된 규칙을 어떻게 파악하고 있는가에 따라 결정된다. 사람이 인생의 진실한 규범을 온전히 파악할수록 그의 생활은 더욱 발전하며, 이 규범에 대한 파악이 제대로 실천되지 않을수록 그의 생활은 죄악에 물들어간다.

🍎 인생의 길

그리스도의 가르침을 실행하기 위해서라면 어떤 괴로운 일을 만나더라도, 아무리 일찍 죽게 되더라도 나는 두렵지 않다. 두려운 감정은 자신의 고립된 생활이 얼마나 어리석고 파멸적인가를 깨닫지 못하는 자, 또는 나만은 결코 죽어서는 안 된다고 생각하는 자에게 발생한다. 그러나 진리에서 격리된 자의 행복을 바란다는 것은 매우 어리석은 짓이며, 이런 어리석음을 선택했기에 결국 죽을 수밖에 없다는 사실을 사람들은 쉽게 수긍하려 들지 않는다. 그러므로 이런 사실을 깨달은 나로서는 아무것도 두려워할 수 없다. 나도 모든 사람들과 마찬가지로, 그리스도의 가르침을 실행하지 못한 사람들과 마찬가지로 곧 죽게 될 것이다. 하지만 나의 삶과 죽음은 내게, 또 모든 사람들에게 그것이 아무리 작을지라도 어떤 가치를 얻게 될 것이라 확신한다. 나의 삶과 죽음은 모든 사람들의 구원과 생활에 도움이 될 것으로 믿는다. 이것이야말로 내가 그리스도에게 배운 가장 위대한 가르침이다.

🍃 내 신앙의 귀결

"내가 너희를 사랑한 것처럼 너희도 서로 사랑하라. 서로 사랑하면 모든 사람들이 너희가 나의 제자임을 인정할 것이니라”고 그리스도는 가르쳤다. 그는 ‘너희들이 이것을 믿는다면’ 이라고 말하지 않았다. 단지 ‘서로 사랑하면’ 이라고 말했을 뿐이다. 신앙은 사람에 따라, 또는 시대에 따라 얼마든지 달라질 수 있다. 그러나 사랑은 어느 누구에게도, 어느 시대에서도 결코 변하지 않는다.

🍎 인생의 길

사랑은 사람을 행복하게 만든다. 왜냐하면 사랑은 인간과 하나님을 연결하는 고리이기 때문이다.

🍎 인생의 길

그리스도는 ‘영원한 것’ 과 ‘미래’ 가 다르다는 것, 그리고 지금 우리의 인생에 눈에 보이지 않는 영원한 그 무언가가 존재하고 있다는 것, 만물의 생과 운동을 담당하는 하나님의 영靈이 우리와 하나가 될 때 우리는 영원해질 수 있다는 것을 가르쳤다.

우리는 기도와 의식에 의해서가 아니라 사랑에 의해 이 영원한 생명에 도달할 수 있다.

🍎 인생의 길

만일 어떤 사람이 죄악에 물든 생활을 영위하고 있다면 그 것은 그 사람이 신앙을 갖고 있지 않기 때문이다. 마찬가지로 어떤 국민이 악한 습성에 물들어 있다면 그것은 그 나라의 백 성들이 신앙을 상실했기 때문이다.

❧ 인생의 길

우리는 동포의 생활을 절망으로 밀어넣으면서도 나는 기 독교도라고, 나는 박애적이며 교양 있는 올바른 사람이라고 떠 들곤 한다.

❧ 우리는 무엇을 해야 하는가

기독교도가 인간에 대해, 또는 인간이 만든 법률을 따르 겠다고 다짐하는 것은 어떤 사람에게 고용된 노동자가 주인 외 의 인간들이 내린 명령까지 동시에 수행할 것을 서약하는 것과 동일한 결론을 초래한다. 인간은 두 사람의 주인에게 헌신할 수 없다.

❧ 하나님 나라는 그대 안에 있다

기독교도는 '하나님의 권력'을 자기 안에 인식함으로써 '인간의 권력'으로부터 해방된다. 기독교도는 그리스도가 설파한 하나님의 율법을 자기 자신 속에 의식하고 오직 '하나님의 권력'에만 복종한다.

'인간의 권력'으로부터 해방된다는 것은 투쟁을 통해서도 아니고, 또한 현존하는 생활양식을 파괴하는 것에 의해서도 아니다. 그것은 다만 인생의 의미를 바꾸는 데서 이루어진다.

🍒 하나님 나라는 그대 안에 있다

신앙이 강할수록 그의 생활은 흔들리지 않는다. 신앙을 상실한 인간의 생활은 하루의 먹잇감에 온 생명을 거는 동물과 다를 바 없다.

🍒 인생의 길

하나님과 이웃을 사랑하라는 명령처럼 간단한 것은 없다. 아무리 악한 사람일지라도 분별력이 생기면 이 명령을 자기 마음속에서 의식하게 된다. 그러므로 만일 거짓된 가르침이 우리의 이성을 흐려놓지만 않는다면 모든 인간은 언젠가 이 명령에 따라 지상에 천국을 만들게 될 것이다.

그러나 도처에 흩어진 거짓 전도사들이 하나님이 아닌 것을 하나님으로 인정하도록 가르치며, 하나님의 율법이 아닌 것을 하나님의 율법인 것처럼 사람들에게 설교하고 있다. 그래서 사람들은 이 거짓된 가르침에 현혹되어 인생의 진실에서 점차 멀어지며, 하나님의 참된 율법에서 조금씩 어긋나게 되었다. 이들 거짓 전도사들 때문에 사람들의 생활은 더욱 고통스러워지고 처참해졌다.

🐾 인생의 길

오래된 신앙이 진실은 아니다. 우리의 할아버지와 증조부가 믿었던 것을 현재를 살아가는 우리들이 그대로 믿어야 된다고 생각하는 것은 어른이 되어서도 어린 시절의 옷이 그대로 맞기를 바라는 것과 무엇이 다른가.

🐾 인생의 길

진실한 신앙은 교회나 장식, 찬양, 혹은 모임에서 얻어지지 않는다. 오히려 참된 신앙은 항상 고독과 침묵을 통해 마음 속으로 스며든다.

🐾 인생의 길

어느 민족에게나 하나님의 참된 율법을 알고 있는 자는 오직 나 하나뿐이라고 주장하는 자들이 있게 마련이다. 이런 사람들은 자신의 주장을 뒷받침하기 위해 자신들이 말하는 율법이야말로 하나님이 선포한 유일한 율법이며, 하나님에 의한 기적은 오직 자신들을 통해서만 이루어질 수 있다고 설교한다. 그뿐만이 아니라 이런 사람들은 자신의 주장을 책에 기록한 뒤 이 책에 기록된 것이 유일한 진실이다, 왜냐하면 이 책이야말로 하나님의 말씀이기 때문이라고 사람들을 속여왔다.

이는 모두 거짓말이다. 하나님의 율법은 어느 특정 인간에게 국한될 수 없다. 하나님의 율법은 이미 모든 인간에게 남김없이 기록되었다. 일찍이 기적이란 존재하지 않았으며, 지금도 존재할 수 없다. 여러 가지 기적에 대한 이야기는 모두 쓸데없이 만들어낸 이야기이다. 오직 이 한 문장이 진실이며, 하나님의 계시가 적혀 있다는 책도 모두 거짓이다. 어떤 책도 인간의 손으로 쓰여진 것이라면 진실할 수 없다.

🍎 인생의 길

국가에 대한 선서와 세금, 재판과 군대 같은 모든 국가적 의무는 하나같이 기독교도의 양심에 위배되는 것들이다. 하지

194

만 국가권력은 모두 이 같은 의무를 통해 성립된다. 정부와 대립하는 혁명가들은 외부로부터 정부와 투쟁하며 기독교도가 혁명을 두려워한다고 비난하지만, 정부의 모든 기초를 내부로부터 타파하는 주동은 바로 기독교도들의 양심이다.

❦ 하나님 나라는 그대 안에 있다

인간이 올바른 신앙을 갖기 위해서는 무엇보다 먼저 그동안 맹목적으로 믿어온 잘못된 신앙을 버리고, 어렸을 때부터 가르침 받은 모든 구절들을 이성에 의해 다시 검토해보아야 한다.

❦ 인생의 길

참된 신앙은 기적이나 의식을 믿지 않는다. 오직 모든 인간에게 반드시 필요한 하나의 규범을 조용히 실천할 뿐이다.

❦ 인생의 길

인간이 하나님을 모르는 것은 죄다. 그러나 더욱 큰 죄는 하나님이 아닌 것을 하나님이라고 믿는 행위이다.

❦ 인생의 길

그리스도의 가르침은 한줄기 빛이다. 빛은 밝게 빛난다. 그 어떤 어둠도 빛을 삼킬 수는 없다. 빛이 빛으로서 빛날 때 인간은 어둠을 찾아 헤맬 수 없다. 빛이 빛으로서 빛날 때 인간은 그 한줄기 빛을 부정할 수 없다. 인간이 그리스도의 가르침을 부정할 수 없는 까닭도 이와 마찬가지다. 그리스도의 가르침은 타락한 인간의 생활을 용서하며, 끝없이 나열되는 인간의 미혹을 감싸준다. 그의 가르침은 물리학자들이 말하는 에테르처럼 모든 인간들의 영혼 속에 한줄기 빛으로 조용히 스며든다.

🍎 내 신앙의 귀결

만일 사람이 기도나 의식으로 하나님을 섬기려고 한다면 그것은 하나님을 속이려는 것과 마찬가지다. 인간이 하나님을 속일 수는 없다. 자신의 기도에 속는 것은 오직 자기 자신뿐이다.

🍎 인생의 길

진정한 신앙인은 무슨 요일에는 고기와 생선 대신 채소만으로 음식을 해먹고, 무슨 요일에는 교회에 출석해 어떤 기도를 하느냐로 결정되지 않는다.

🍎 인생의 길

모든 사람이 그리스도의 가르침을 실천할 수 있었더라면 이미 지상에는 하나님의 나라가 만들어졌을 것이다. 만약 나 혼자 실천했을지라도 나는 모든 사람들과 나 자신을 위해 내게 주어진 삶 속에서 가장 위대한 일을 한 셈이 된다. 왜냐하면 그리스도의 가르침을 실천하지 않고서는 구원을 바랄 수 없기 때문이다.

❦ 내 신앙의 귀결

우리들이 스스로 초래하는 인생의 불행은 생활을 영위하는 데 필요 불가결한 조건이다. 그렇기 때문에 그리스도의 가르침은 이 같은 불행으로부터 어디로 도망쳐야 하는지에 대해 결코 대답하지 않는다.

❦ 내 신앙의 귀결

사람이 미래의 피상적인 행복만을 바라며 신앙을 갖는다면 그것은 신앙이 아니라 계산이다. 그것도 항상 부정확한 계산이다. 왜냐하면 진정한 신앙은 현재를 행복하게 할 뿐 미래에 대한 어떤 약속도 하지 않기 때문이다.

❦ 인생의 길

그리스도의 가르침이 품고 있는 위대한 힘은 인생의 의미
에 대한 그리스도의 설명에 있지 않다. 그 설명에 의해 깨달아
지는 것, 다시 말해 인생에 대한 그의 가르침에 있다. 그리스도
의 형이상학적인 가르침은 인류가 처음 맞닥뜨리는 새로운 내
용이 아니다. 그것은 인간의 마음에 본디 기록되어 있었던 진리
이며, 모든 현자들이 한결같이 설파해온 가르침과 조금도 다르
지 않다. 하지만 그리스도의 말씀이 갖고 있는 가장 위대한 힘
은 이 형이상학적인 가르침이 실생활에 적용된다는 점에 있다.

🍎 내 신앙의 귀결

우리는 이성으로 신앙을 얻지 못한다. 그러나 이성은 타인
이 주장하는 신앙을 검토하기 위해서라도 반드시 필요하다.

🍎 인생의 길

모든 사람들이 믿는 것을 믿지 않았다고 해서 그를 신앙이
없는 사람으로 규정해서는 안 된다. 오히려 자신이 믿지 않는
것을 믿었다는 이유로 타인을 비난하는 자야말로 진정 신앙이
없는 사람이다.

🍎 인생의 길

모든 무신론적인 개념이나 말 중에서 교회라는 개념보다 더욱 무신론적인 개념은 없다. 교회라는 개념처럼 기독교를 박해한 사상은 없으며 그리스도의 가르침을 부정한 집단도 없다.
🍎 교회와 국가

선과 악이라는 이분법으로 나누어진 인간의 삶이란 과연 무엇일까. 이 선과 악의 이분법적인 구조로 나누어진 인생을 우리는 어떻게 하면 치유할 수 있을까. 이 극단으로 치닫는 두 갈래 길에서 우리는 어디로 가야 되는 것일까. 신앙의 문제란 이처럼 이분법적인 분열의 문제였으며, 앞으로도 그 해답이 밝혀질 때까지 인간의 방황은 계속될 것이다. 다행인 것은 교회가 이 같은 문제를 이미 해결했다는 것이다. 교회는 이 같은 삶의 의문이 어떻게 살아야 되는가라는, 인간의 공통적인 문제제기에 있다는 사실을 깨달았다. 그래서 어떻게 살아야 되는가를 왜 죄인이 되었는가로 도치시킨 후 다음과 같이 대답해버렸다. "네가 죄인이 된 것은 먼 옛날 아담이 저지른 죄 때문이며, 너도 그 죄를 이어받아 죄 중에 태어나고, 죄 중에 생활하며, 죄를 저지르지 않고는 단 하루도 살 수 없게 되었다"고 말이다.
🍎 교의신학비판

"너희들은 모두 죄인이다. 너희들 가운데 죄를 범하지 않은 자는 단 한 사람도 없다. 갓난아기마저 날마다 죄를 범한다. 악을 향한 너희들의 의지는 유전에 의한 본능이다. 사람은 자기 힘으로 자신을 구제할 수 없다. 구원받을 수 있는 길은 오직 단 하나다. 그것은 날마다 하나님께 용서를 구하는 길뿐이다."

이런 가르침보다 기독교를 부도덕하게 만드는 가르침이 또 있을까.

🍎 교의신학비판

오늘날 교회를 잠식한 거짓 교리는 처음에는 그저 작은 일탈에 불과했다. 그 일탈은 하나님에 대한 신앙보다 신자의 편의, 더 정확히 말하자면 성직자들의 편의를 위해 개조되었다.

🍎 교의신학비판

인간이 하나님이 명령하는 것과 정부가 명령하는 것 중 어느 한쪽만을 선택해야 될 경우에 정부가 명령하는 것을 실천한다면 그의 행위는 주인이 명령을 듣지 않고 대신 거리에서 처음 만난 사람의 명령을 따르는 것과 똑같은 결과를 초래하게 된다.

🍎 인생의 길

교회에서 내세우는 교리는 이제 기독교와 완전히 적대적인 방향으로 변질되었다. 성직자들은 기독교의 근본정신에서 일탈되었고, 기독교를 그리스도의 가르침에서 왜곡시켰으며, 인간이 더 이상 그리스도의 가르침을 따르지 않게끔 만들었다. 그들은 겸손하기는커녕 거만하며 가난하지도 않고 모든 사람들을 비난한다. 오늘날 한 명의 성직자를 모욕하면 용서받는 대신 모든 성직자들의 증오에 시달린다. 그들은 인내하라는 그리스도의 가르침 대신 보복하라는 악마의 부추김을 더욱 확실한 진리로 선택했다.

🍎 교의신학비판

진실한 기독교도는 그의 양심에 반하는 요구를 국가가 원할 경우 다음과 같이 말할 수 있어야 하며, 또 그렇게 말하지 않으면 안 된다. "나는 국가의 필요성도 해악도 입증할 수 없지만 첫째, 내겐 국가가 필요치 않다는 것, 둘째, 국가의 존립에 필요한 모든 행위를 나는 인정할 수 없다는 것, 셋째, 내가 할 수 있는 말은 오직 이 두 가지 사실뿐이라는 것."

🍎 인생의 길

교회가 없어지면 어떻게 될까. 교회가 없어지더라도 그리스도의 가르침은 변함없이 우리 곁에 존재할 것이다. 어쩌면 더욱 확실하고 지속적으로 존재할 것이다.

🍎 교의신학비판

이교도의 사회적 구조는 복수와 폭력이다. 그것은 나름대로 어쩔 수 없는 선택이었다. 반대로 기독교적 사회의 토대는 사랑과 폭력의 부정이다. 그런데 실제로는 여전히 폭력이 우리 사회를 지배하고 있다. 가장 큰 이유는 교회에서 울려퍼지는 그리스도의 말씀이 인간의 편의를 위해 왜곡되었기 때문이다.

🍎 인생의 길

단 한 번이라도 복음서를 읽은 사람은 복수를 위해서든, 나 자신을 지키기 위해서든, 타인을 구제하기 위해서든 이웃에 대해 악을 행사해서는 안 된다는 것을 알게 된다. 그러므로 기독교인은 폭력에 의해 유지되는 사회와 자신의 삶에 아무것도 요구해서는 안 된다.

🍎 인생의 길

진정한 신앙인은 교회를 필요로 하지 않는다.
🍎 인생의 길

일찍이 교회가 사람들의 정신을 이끌었던 시대가 있었다. 당시 교회는 사람들에게 허망한 행복을 보장함으로써 생활을 지속하는 데 필요한 인류의 투쟁에서 해방될 수 있었다. 얼마 후 사람들은 교회가 약속한 행복한 미래가 거짓임을 깨닫게 되었다. 행복한 미래는 자기 스스로 선택하고 영위해야 한다는 것을 사람들이 깨달은 것이다. 이렇게 되자 사람들은 교회의 헛된 가르침을 비웃으며 등을 돌리게 되었다. 오늘날 교회가 멸망한 것은 교회의 타락 때문이 아니라 콘스탄티누스(로마의 황제. 기독교 신앙을 공인하였으며, 교회의 사법권과 재산권을 우대하는 등 교회에 여러 특권을 주었다) 시대에 권력의 비호를 받았던 성직자들이 일반적인 노동의 규칙에서 해방되었기 때문이다. 콘스탄티누스 시대 이후 나태와 방만이 성직자들의 권리가 되었다. 성직자들의 이 같은 권리가 강화될수록 교회는 타락했고, 마침내 교회는 인간을 섬기기 위해서가 아니라 인간의 섬김을 받기 위해 존재하는 것처럼 여겨지게 되었다.
🍎 우리는 무엇을 해야 하는가

전도자들이 끝없는 고통에 내몰리던 시절에는 사람들이 교회를 사랑했고, 그곳에서 그리스도의 말씀을 찾았다. 하지만 고통이 끝나고 그들의 상처가 아물자 사람들은 교회를 떠났다.

그리스도는 자신을 추종하는 사제들이 무의미한 말을 지껄이며 성만찬이라고 불리는 의식을 마치 빵과 포도주로 행하는 마법처럼 사람들에게 보여주는 것을 하나님에 대한 모독이라며 금지시켰다. 그리고 스스로 전도자라고 일컫는 것마저 금지시켰다. 이밖에도 예수 그리스도는 교회에서 기도를 금지시켰으며, 각자 고독한 방에서 홀로 하나님을 만나야 한다고 명령했다. 예수 그리스도는 교회의 존립마저 부정했고, 자신은 교회를 위해서가 아니라 교회를 파괴하기 위해 온 것이며, 기도문을 읽는 것이 아니라 마음속으로 하나님께 진심을 털어놓아야 한다고 가르쳤다. 특히 예수 그리스도는 오늘날 아주 평범한 일상이 된 재판이나 감금, 학대, 모욕을 금지시켰을 뿐 아니라 타인에 대한 일체의 폭력을 금지하고, 자신은 죄인을 위해 죽는다고 말했다.

오늘날 종교를 인정하는 자들의 종교는 대다수 국민이 선택한 종교를 무조건 신봉해야 한다고 주장하는 종교이다. 즉 현존하는 권력에 무조건 복종해야 한다고 확신하는 종교이다.

❦ 내 신앙의 귀결

교회와 기독교도 사이에는 명칭 외에 아무런 공통점이 없다. 뿐만 아니라 이들 두 단어는 서로 대립하며 적대시하는 두 개의 원리이다. 교회가 오만, 폭력, 자기긍정, 죽음이라면, 기독교도는 겸손, 참회, 순종, 그리고 삶이다.

❦ 하나님 나라는 그대 안에 있다

어떤 제도가 비이성적이며 유해할수록 그것은 외면적인 위험을 막기 위해서라는 변명으로 자신을 가장하려 한다. 그렇게 하지 않으면 어느 누구도 그 법을 인정하지 않기 때문이다. 교회의 존립이 바로 이와 같은 형태로 지속되고 있다.

교회에서 베푸는 장엄하고 화려한 의식은 교회의 비이성적이며 유해한 본질을 덮으려는 수작에 불과하다.

❦ 인생의 길

교회에서 요구하는 신앙은 일종의 노예제도와 같다.

철학과 함께 특권을 누리는 과학이 나야말로 인간의 삶을 이끄는 주역이라고 떠들지라도 과학의 역할은 어디까지나 인도자가 아닌 하인의 모습이다. 인간은 종교를 통해 세계를 이해했고, 인간이 이해한 세계는 다시 과학에게 주어졌다. 오늘날까지 과학이 이룩한 모든 근거는 다만 종교에 의해 제시된 물음들을 연구한 것에 지나지 않는다. 종교의 존재이유는 인생의 의미를 명확히 설정하는 데 있고, 과학의 존재이유를 이 의미를 생활화하는 데 있다. 그렇기 때문에 만일 종교가 인간의 삶을 잘못 해석했을 경우 이 종교적 세계관을 통해 배양된 과학은 이 같은 잘못된 의미를 여러 가지 방면으로 해석해 인간의 생활에 적용시키게 될 것이다.

교회는 그리스도의 가르침을 입으로는 승인하지만, 실생활에서는 그리스도의 가르침을 정면으로 부정하고 있다.

진정한 기독교도는 폭력을 양산하는 권력을 부정하고 계급적 차별, 부의 축적, 형벌, 전쟁 같은 정부와 지배계급의 허황된 욕망에 맞서 싸워야 한다. 정부와 지배계급은 이미 기독교의 이 같은 본질을 잘 알고 있었다. 그래서 그들은 먼저 자신들의 입장을 종교적으로 지지해줄 만한 대상을 찾았고, 그 결과 교회가 탄생했다. 교회는 그리스도의 말씀을 왜곡했고, 교회에 의해 왜곡된 그리스도의 말씀을 배운 기독교도는 정부와 함께 가난한 민중의 신앙을 십자가에 못 박고 있다.

🍎 신앙의 자유를 인정하라

종교란 영원한 삶과 인간 사이에 놓인 이성과 현대의 지식을 조화시키는 관계이며, 이 관계를 통해 인류는 예정된 목적지를 향해 나아갈 수 있다.

🍎 나의 종교

만일 인간이 속죄, 성례, 기도에 의해 자신의 영혼을 구제할 수 있었다면 선량한 행실은 이미 무용지물이 되었을 것이다.

🍎 하나님 나라는 그대 안에 있다

진정한 종교는 인간이 이룩한 법칙 위에 존재하는 규정, 다시 말해 지구상에 존재하는 모든 인간을 하나로 묶을 수 있는 규칙이다.

신앙이 누구에게 어떤 해답을 주었더라도 어쨌든 신앙의 해답은 궁극적으로 유한한 인간의 존재에게 무한한 의의―고통, 궁핍, 죽음으로도 사멸할 수 없는 의의―를 부여하는 데에 있다. 우리는 오직 신앙에 의해서만이 삶의 의미와 가능성을 발견할 수 있다. 그리고 가장 본질적인 의미에서 신앙이란 '눈에 보이지 않는 것을 나타내려는 것이 아니며, 또한 말세의 계시록(이는 신앙의 증표가 적힌 하나의 기록에 지나지 않는다)도 아니고, 하나님과 인간의 관계를 증명하는 것도 아니며(먼저 신앙을 정하고 그 후 하나님을 정해야지, 하나님을 통해 신앙을 정해서는 안 된다), 일반적인 신앙으로 해석되듯 타인의 믿음을 그대로 따르는 것도 아니다. 신앙이란 인생의 숨겨진 의의를 깨닫는 것, 그리고 그 의의를 확인함으로써 인간이 자멸이 아닌 삶으로 되돌아오는 것, 이것이야말로 신앙의 이유라고 나는 믿는다. 신앙은 살아가는 힘이다. 인간은 살아 있는 한 무엇인가를 믿을 수밖에 없는 존재이다. 인간은 무엇인가를 위해 살아야만 한다. 만약 이것이 믿어지지 않는다면 인간의 목숨은 덧없는 하루살이와 다를 바가 없다. 만일 그가 유한한 물질의 덧없음을 깨닫지 못하고, 그것을 이해하지도 못했다면 그는 다만 유한한 물질로서 사라질 뿐이다. 반대로 그가 유한한 물질의 덧없음을 이해했다면 그는 무한한 세계를 믿고 있다는 증거가 된다. 이것이 바로 신앙이다.
🍎 고백

사람은 자신이 해야 할 일과 하지 말아야 할 일을 분별할 수 있어야 한다. 이를 깨닫기 위해서는 종교가 필요하다. 종교란 인간이 무엇인가, 무엇 때문에 인간은 이 세상에 태어났는가를 깨닫는 하나의 도구이다. 이 같은 종교는 모든 이성적인 인간에게 공통적으로 주어진 가치이며, 모든 이성적인 인간이 공통적으로 깨달은 결론이다.
🍎 인생의 길

말로써가 아니라 진정으로 타인을 사랑하고 싶다면 먼저 자신에 대한 사랑을 잊을 수 있어야 한다. 우리는 내가 누군가를 사랑하고 있다는 착각 속에서 그것을 상대방에게, 그리고 나 자신에게 강요할 때가 있다. 내가 누군가를 사랑한다는 것은 그저 말뿐이며, 실은 여전히 자기 자신만을 사랑하고 있다. 누군가를 사랑하고 있는 자기 자신을 사랑하는 것이다.

오직 사랑하라

당신은 모든 사람이 당신을 위해 살고, 모든 사람이 자기 자신을 사랑하는 것 이상으로 당신을 사랑하게 되기를 바랄 것이다. 당신의 이 같은 소망이 이루어지려면 오직 한 가지 방법밖에 없다. 그것은 모든 사람이 내가 아닌 타인의 행복을 위해 살고, 자기 자신을 사랑하는 것 이상으로 타인을 사랑할 수 있는 사회가 도래하는 것이다. 그때야 비로소 당신과 당신을 둘러싼 사람들이 모든 사람의 사랑을 받고, 당신도 타인들과 더불어 당신이 바라던 행복을 얻게 될 것이다. 모든 인류가 자신을 사랑하는 것 이상으로 타인을 사랑할 때만이 비로소 당신이 그리던 행복이 실현될 수 있다는 진실을 깨달았다면 지금 당장 당신이 자기 자신을 사랑하는 것 이상으로 타인의 존재를 사랑하도록 노력해야 한다.

🍎 인생에 대하여

많은 사람들 중에서 어떤 특정한 인간에게 색다른 감정을 느낄 때 우리는 그를 사랑하는 것 같다고 말한다. 그런데 이런 감정은 결코 사랑이라고 부를 수 없다. 그것은 다만 집착이다. 인간이 가꾼 사과나무를 접목시켜야만 간신히 열매를 맺을 수 있는 야생의 목초에 지나지 않는다. 들판에 제멋대로 자라난 나무는 농부가 공들여 가꾼 사과나무와 달리 열매를 맺지 못하거나, 맺더라도 달콤한 열매가 아닌 쓰디쓴 과육을 맺는다. 마찬가지로 어느 한 사람만을 사랑한다는 것은 진정한 사랑이 될 수 없다. 그렇기 때문에 과학이나 예술, 조국에 대한 사랑은 말할 것도 없고 아내, 자식, 친구에 대한 집착은 간혹 인류를 불행하게 만들곤 한다. 우리가 사랑이라고 부르는 많은 감정들이 대부분 이렇게 동물적인 특정 조건을 다른 조건보다 일시적으로 편애하는 것을 가리키는 경우가 있다.

🍎 인생에 대하여

내일 사랑하겠다는 말은 존재할 수 없다. 사랑이라는 감정은 오직 지금 벌어지는 활동일 뿐이다. 오늘을 사랑하지 않는 인간은 결코 내일이 되었다고 오늘을 사랑하지 않는다.

🍎 인생에 대하여

개인의 행복을 추구하는 것만이 인생의 유일한 목적이라는 생각이 세계를 지배할 때 인간은 함께 몰락하는 투쟁을 경험했다. 만약 인류가 타인의 행복을 위해 자기 자신을 희생할 때 비로소 잊히지 않는 진정한 행복에 도달할 수 있다는 이 자명한 진리를 깨달았더라면 세계는 지금과 완전히 다른 현실이 되었을 것이다. 우발적으로 발생하는 개인과 개인 간의 다툼보다 타인을 위해 자신을 희생하는 이 미덕에 의해서만 인류는 진정한 문명을 가질 수 있다.

🍎 인생에 대하여

참된 사랑은 동물적인 육신의 행복을 포기할 때 비로소 가능해진다.

🍎 인생에 대하여

사랑을 강요할 수는 없다. 다만 사랑을 방해하는 장애물들을 조금씩 피해갈 뿐이다. 이런 장애물 중 가장 피하기 어려운 것이 바로 '나' 에 대한 사랑이다.

🍎 인생독본

“자기 목숨을 얻는 자는 잃을 것이요, 나를 위하여 자기 목숨을 잃는 자는 얻으리라”(마태복음 10장 39절)는 말씀을 이해할 뿐 아니라 자신의 생명을 바쳐 인식한 자만이—다시 말해 자신의 생명을 사랑하는 자는 결국 자신의 생명을 멸망케 하고, 이 세상에서 자신의 생명을 증오하는 자는 결국 영원한 생명을 얻게 된다는 진리를 터득한 인간만이—참된 사랑을 인식할 수 있다.

🍎 인생에 대하여

인생을 이해하지 못한 자들이 사랑이라고 부르는 것은 자신의 개인적인 행복을 만족시키기 위한 하나의 조건을 다른 조건보다 소중하게 느끼는 감정이다. 인생을 이해하지 못한 자가 내 아이와 아내와 친구를 사랑한다고 말할 때 그것은 단지 자신의 생활에서 아내와 자식과 친구의 존재가 상당한 비중을 차지하고 있음을 고백하는 것에 불과하다.

🍎 인생에 대하여

참된 사랑이야말로 참된 삶이다.

🍎 인생에 대하여

아내의 사랑, 자식의 사랑, 그것은 인간이 누릴 수 있는 고유한 사랑이 아니다. 동물도 마찬가지로, 아니 때론 더욱 강렬하게 아내와 자식을 사랑한다. 인간의 고유한 사랑, 그것은 하나님의 피조물로서, 인류의 형제로서 모든 인간을 사랑할 때이다.

❦ 나는 침묵할 수 없다

자기 자신을 사랑해서는 안 된다고 말한다. 하지만 자신에 대한 사랑이 없으면 삶도 없다. 문제는 나의 무엇을 사랑해야 하는가, 나는 나의 영혼을 사랑하는가, 그리고 나는 나의 육체를 사랑했는가에 대한 대답이다.

❦ 인생독본

사랑이란 자기—동물적 개인—보다 다른 존재를 우선하려는 감정이다.

❦ 인생에 대하여

오직 사랑하는 자만이 살아 있다고 말할 수 있다.

❦ 인생에 대하여

돈을 벌어 저축하는 것은 사랑이 아니다.

사랑은 이성의 귀결이 아니다. 또한 일정한 활동의 결과
도 아니다. 그것은 환희에 찬 생명의 활동이다.

인간은 오직 완전한 것만을 사랑할 수 있다. 때문에 불완
전한 것을 완전한 것으로 착각하거나 완전한 것, 즉 하나님을
사랑하는 것 중 하나를 선택할 수밖에 없다. 만일 불완전한 것
을 완전한 것으로 착각했다면 머지않아 사랑은 중단되고야 말
것이다. 그러나 하나님에 대한, 즉 완전한 것에 대한 사랑은 결
코 그치지 않는다.

하나님을 사랑한다고 하면서도 이웃을 사랑하지 않는 자
는 사람들을 속이고 있는 것이다. 이웃을 사랑한다고 시인하면
서도 하나님을 사랑하지 않는 자는 자기 자신을 속이는 것이다.

누군가의 사랑을 받고 있다는 사실을 알게 될 때처럼 기쁜 일은 없다. 하지만 타인의 사랑을 받기 위해서는 항상 다른 사람의 마음에 들도록 노력해야 한다. 가장 좋은 방법은 다른 사람의 시선을 의식하지 않고 오직 하나님에게 가까워지도록 노력해야 한다. 하나님에게 가까워지도록 노력하면서도 타인의 시선을 의식하지 않을 수 있다면 사람들은 당신을 사랑하게 될 것이다.

어떤 사람들은 하나님을 두려워해야 한다고 말한다. 하지만 이것은 잘못된 신앙이다. 우리는 다만 하나님을 사랑해야 한다. 결코 두려워해서는 안 된다. 자신에게 두려운 존재를 사랑할 수는 없는 일이다. 무엇보다도 하나님은 스스로를 가리켜 사랑이라고 정의했으므로 하나님을 두려워해서는 안 된다. 사랑을 두려워한다는 것은 사랑에 대한 모독이다. 하나님을 두려워하지 말고 하나님을 자기 속에 인식시켜야 한다. 자기 안에 하나님에 대한 인식이 뿌리를 내렸다면 두려움은 존재할 가치를 잃는다.

정의로운 삶을 소망한다는 것은 하나님께 좀더 가까이 다가가겠다는 뜻이다. 하나님을 닮기 위해서는 무엇보다 내 안에서 두려움을 몰아내고, 나를 위해 어떤 것도 소망해서는 안 된다. 무엇이든 두려워하지 않고, 나를 위해서는 아무것도 바라지 않으려면 오직 사랑해야 한다.

인생의 길

하나님은 우리가 행복해지기를 원하시며, 그러기 위해 우리 영혼에 행복을 향한 갈망을 심으셨다. 그러나 하나님은 어떤 특정한 개인의 행복이 아니라 모든 인간의 행복을 원하셨기 때문에 우리의 영혼에게 사랑을 가르치셨다. 그 때문에 인간은 서로 사랑해야만 비로소 행복해질 수 있다.

인생의 길

육체적인 행복을 가져오는 모든 쾌락은 우리가 그것을 외부에서 탈취함으로써 비로소 획득할 수 있다. 반대로 영적인 행복을 가져오는 사랑은 우리가 타인의 기쁨을 위해 희생했을 때 마침내 눈에 보이게 된다.

인생의 길

인생의 가장 중요한 사업이 사랑이라는 것을 당신이 이해
했다면 당신은 다른 사람과 만날 때 이 사람은 어떤 점에서 내
게 유용한가 하는 이기적인 욕망이 아니라 나는 어떤 점에서
그에게 도움이 될 수 있는가를 먼저 생각해야 한다. 당신의 의
무는 다만 이것뿐이다. 이런 마음을 꾸준히 유지할 수 있다면
당신은 당신 자신만을 생각할 때보다 훨씬 크게 성공할 수 있
을 것이다.

🍂 인생의 길

선행이 어떤 목적을 위해 행해지는 것이라면 그것은 이미
선행이 아니다. 목적이 수반되지 않은 선행이야말로 진정한 사
랑이다.

🍂 인생의 길

진리의 길

인간에게 가장 중요한 것은 무엇에도 구속되지 않는 생활이다. 타인의 의지를 따르지 않고 자신의 의지로 살아가는 것, 바로 행복의 다른 이름이다. 이렇게 살려면 우선 내 안의 영혼을 자유롭게 해방시켜야 한다. 영혼을 자유롭게 해방시키려면 우선 나의 욕망을 억제할 수 있어야 한다.

내 안의 영혼을 자유롭게 해방시켜라

만일 어떤 선행이 원인을 갖는다면 그것은 이미 선행이 아니다. 선행이 결과, 다시 말해 보답을 요구한다면 마찬가지로 그것은 선행이 아니다. 선행이란 원인과 결과의 사슬에 얽매일 수 없는 그 무엇이어야만 한다.

🍎 안나 카레니나

누군가 불이 필요하다고 말했을 때 당신의 호주머니 속에 성냥이 있다면 당연히 그 성냥을 그에게 주어야만 한다. 만일 어떤 사람에게 3코페이카 또는 20코페이카 또는 몇 루블이라도 돈이 필요하다는 부탁을 받았을 때 당신의 호주머니 속에 그만한 돈이 있다면 당연히 그에게 돈을 줘야만 한다. 하지만 그것은 자선이 아니다. 어디까지나 인간으로서 갖춰야 할 예절이다.

🍎 우리는 무엇을 해야 하는가

사람들을 위해 일한다는 것은 무엇을 뜻하는가 하는 질문을 받을 때마다 나는 타인에게 선을 베푸는 것과 돈을 주는 것은 엄연히 다르다고 강조한다. 그런데 오늘날 많은 사람들이 '선을 베푼다'는 말을 일반적으로 돈을 준다는 식으로 이해하고 있다. 그러나 내가 이해한 선행은 돈을 주는 행위와 혼동될 수 없다. 우선 내가 생각하기에 돈이란 그 자체가 이미 선이다. 그러므로 가난한 사람에게 돈을 줬다는 것은 이미 존재하는 선을 베푼 것이므로 결코 자신의 선행이라고 볼 수 없다. 누군가를 위해 선행을 베풀었다는 의미는 타인에게 필요한 무언가를 실천했다는 뜻이다. 즉 선행이란 그에게 무엇이 필요한가를 먼저 이해해야만 실천할 수 있다. 그의 의사와 상관없이 돈을 던져주는 행위는 그를 위한 선행이 아니라 자신에게 남는 돈을 누군가에게 베풀었다는 자기기만이다. 누군가를 진정으로 돕고 싶다면 그가 지금 어떤 상황인지, 그의 고통이 대체 무엇인지를 인간적으로 공유할 수 있는 용기를 가져야 한다. 굶주린 거리의 아이들에게 수프를 떠주면서 정작 속으로는 내 아이가 이곳에 없다는 사실에 만족하는 것은 선행이라고 볼 수 없다. 필요한 것은 신발과 옷이 더럽혀지는 것을 두려워하지 않는 확신이며, 빈대나 이를 피해 장갑을 끼지 않는 것이며, 티푸스와

천연두에 감염될까봐 마스크를 쓰고 멀리 떨어져서 눈물을 흘려주는 가면을 벗는 일이다. 진정 그들에게 필요한 것은 한겨울에 다 떨어진 넝마를 뒤집어쓴 어느 젊은이에게 다가가 그의 암울한 미래를 위해 마음에서 우러나오는 따스한 기도 한마디를 전해줄 수 있는 사랑이다. 이런 사랑은 그저 자선단체에 몇 푼의 돈을 기부한다고 생겨나는 것이 아니다. 인간에 대한 이해와 신뢰가 없이 선행은 불가능하다.

🐦 모스크바 주민 조사에 대하여

진정한 자선이란 자신에게 가장 중요한 것을 떼어내 더욱 절실하게 필요한 자들에게 나눠줄 때이다. 이런 나눔은 상대방에게 단순한 물질적인 선물 이상의 정신적인 선물을 안겨주는 결과가 된다. 그리고 정신적인 나눔은 주는 자와 받는 자의 삶에 충분한 기쁨을 준다. 하지만 만일 그것이 희생이 아니라 단순히 남는 것을 베푼 데 지나지 않았다면 오히려 그것을 받은 상대방에게 고통이 될 뿐이다.

🐦 인생의 길

부유한 자선가들은 가난한 사람들에게 나눠준 선물이 예
전에 자신의 손으로 빼앗은 그들의 소유물이었다는 점을 미처
깨닫지 못한다.

우리는 오스트리아인이기 전에, 혹은 세르비아인이기 전
에, 또는 터키인이나 중국인이기 전에 먼저 '인간'이어야 한
다. 세르비아나 터키나 중국이나 러시아 같은 국가를 건설하거
나 전복시키는 것은 아주 사소한 일이다. 이미 예정되어 있는
이 짧은 생존의 기간에 인간으로서 자기 책무를 수행하는 것만
큼 중요한 사명은 없다. 우리는 이성을 통해 인간의 사명을 발
견하고, 영혼을 통해 인간의 사명을 완수한다. 이 짧은 생애를
통해 우리에게 주어진 사명은 너무나 명확하다. 우리의 사명은
오직 서로 사랑하는 것뿐이다.

자유를 잃는 것보다 생명을 잃는 것이 나은 때가 있다.

어떤 사람은 강인하고 어떤 사람은 나약하고, 또 어떤 사람은 총명하고 어떤 사람은 어리석다고 말할 때 우리는 마치 절대적인 결론을 선포하는 것처럼 이야기한다. 그렇기 때문에 리히텐베르크(독일의 물리학자, 작가. 1742~1799)의 주장처럼 모든 사람이 누릴 수 있는 강제적인 권리의 평등이 반드시 필요하다고 생각한다. 만일 지능이나 권력에 의해 인간의 불평등이 지금보다 더욱 심화된다면 인류는 두 가지 종족으로 나뉠지도 모르기 때문이다.

🍎 인생의 길

인생의 토대는 그의 내면에 살고 있는 하나님의 영혼이다. 하나님의 영혼은 모든 인간의 영혼과 동일하게 활동한다. 그러므로 모든 인간은 서로 평등하다.

🍎 인생의 길

인간의 불평등은 자신이 타인보다 훨씬 훌륭하다고 생각하는 인간의 이기심에서 비롯된 것이 아니라 나는 그보다 열등하다고 스스로 인정한 인간의 나약함에서 비롯되었다.

🍎 인생의 길

악에 대해 악으로 보답하는 것은 다만 악을 증대시킬 뿐이다. 그리스도는 이런 단순한 보응이 아무런 도움도 될 수 없고, 또 매우 어리석다고 말씀하셨다. 하지만 이 귀중한 가르침은 우리에게 또 다른 진리를 제시하고 있다. 즉 악을 응징한다는 변명으로 폭력을 정당화하지 말 것, 폭력과 맞서는 대신 폭력을 견뎌낼 것. 이 숭고한 인내야말로 인간이 자유로워질 수 있는 유일한 방법임을 가르치고 있다.

🍎 세기의 종말

농민들의 냉소에도 불구하고 네플류도프는 결심을 꺾지 않았다. 뿐만 아니라 이곳 농민들이 자신에게 드러내는 적의까지도 그는 달갑게 받아들였다. 네플류도프는 지금 기쁨과 행복을 만끽하고 있다. 이 같은 기분은 그에게 순정어린 젊은 시절을 되새기게 해주었다. 그는 행복했던 어느 여름을 떠올렸다. 열네 살 무렵 진리를 가르쳐달라고 하나님께 기도했던 시절, 어머니의 무릎에 안겨 착한 아이가 되겠다며 눈물을 흘렸던 기억, 누나와 함께 훌륭한 사람이 되자고 약속했던 기억, 한때나마 모든 사람이 자신으로 인해 행복해지기를 그는 얼마나 갈망했던가.

지주의 숲에서 나무를 베었다는 이유로 남편을 감옥에 보낸 아낙네, 주인에게 강간당하는 것을 당연하게 생각하는 마트료나, 얼마 살지 못하고 굶주림에 죽어가는 아이들, 그 아이들은 넝마조각 같은 옷을 뒤집어쓰고 평생 영양실조에 시달리면서도 노인네처럼 시든 얼굴로 항상 웃고 있었다. 암소에게 준 먹이를 훔쳐 먹었다는 이유로 노예가 된 젊은 처녀와 감옥에서 머리를 깎인 죄수들, 코를 찌르는 죽음의 악취, 그리고 영원히 벗겨지지 않을 것 같은 쇠사슬……. 이런 것들을 생각하면서 그는 이제 아무것도 아깝지 않다고 여겼다. 그는 카튜샤를 떠올렸다. 어서 그녀를 구하고, 그녀에게 용서를 빌기 위해 자신의 모든 것을 바쳐도 아깝지 않다고 생각했다.

🍇 부활

평등이란 자연의 혜택을 공평하게 누리는 권리, 공공생활에서 비롯되는 복지를 향유할 수 있는 권리, 개인의 인격을 존중받을 권리가 타인에게도 존재한다는 사실을 인정하는 데서 시작된다.

🍇 인생의 길

인간에게 가장 중요한 것은 무엇에도 구속되지 않는 생활이다. 타인의 의지를 따르지 않고 자신의 의지로 살아가는 것, 바로 행복의 다른 이름이다. 이렇게 살려면 우선 내 안의 영혼을 자유롭게 해방시켜야 한다. 영혼을 자유롭게 해방시키려면 우선 나의 욕망을 억제할 수 있어야 한다.
🍎 인생의 길

만일 우리가 지질학, 천문학, 역사학, 물리학, 수학 등 여러 분야에서 우리가 알고 있는 지식을 다른 사람에게 가르쳐줄 때 "이제 와서 뭘 새삼스럽게 그런 말을 하느냐. 그런 것은 누구든지 다 알고 있다. 예전에는 나도 알고 있었다"라고 말하는 사람은 거의 없다. 그러나 최고의 도덕적 진리를 일찍이 표현한 적이 없는 매우 알기 쉽고 간결한 문장으로 압축해 사람들에게 가르쳐보라. 대부분의 사람들, 그중에서도 평소에 도덕적인 문제와는 아무 상관이 없는 것처럼 행동하던 사람들, 또는 당신이 말한 그 도덕적 진리에 불쾌감을 가지고 있는 자들은 이렇게 대답할 것이다. "그런 것을 모르는 사람이 어디 있는가. 그런 것쯤은 이미 예전부터 다 알고 있는 말이 아닌가." 그들은 도덕을 단순히 지나간 옛날이야기로 치부한다. 이런 경향은 현

대에 와서 더욱 심화되었는데, 이제 몇몇 사람들만이 도덕적
진리를 중시하고 존중하며 도덕적인 진리를 해명하는 데 일생
을 바칠 뿐이다.

많은 사람들이 도덕적 가르침을 매우 진부하고 지루하게
생각한다. 이 새로운 시대에는 그런 가르침이 더 이상 필요 없
으며, 신선할 것도 흥미로운 것도 없다고 생각하는 데 익숙해
져 있다.

❧ 우리는 무엇을 해야 하는가

만일 사람이 진실을 두려워하며 눈앞에 놓인 진리를 인정
치 않고 진리가 거짓인양 스스로를 속인다면 인간은 결코 자신
이 무엇을 하고 있는지 깨달을 수 없게 된다.

❧ 우리는 무엇을 해야 하는가

자유를 누리고 싶다면 욕망을 억제할 수 있을 때까지 자
신을 길들여라.

❧ 인생의 길

갓 태어난 아기나 이제 막 생의 마지막 순간을 경험하는 노인을 보았을 때 우리는 갓난아기나 죽은 사람이 어떤 계급인 가를 따지지 않는다. 다만 탄생과 죽음의 그 신비로운 숙명에 일종의 감동을 느낄 뿐이다. 이것이야말로 모든 인간에겐 평등 의 인식이 존재한다는 것을 증명하는 가장 위대한 속성이다.

🍎 인생의 길

토론할 때 우리는 종종 일반적인 진리조차 잊곤 한다. 그 래서 현명한 사람들은 함부로 토론하지 않는다.

🍎 인생의 길

인류는 상업, 조약 체결, 전쟁, 과학, 예술에 열광하는 것 처럼 보이지만 실제로 인류에게 가장 중요한 사업은 오직 한 가지이며, 인류가 행하고 있는 사업도 오직 한 가지이다. 인류 의 눈앞에 펼쳐진 유일한 과제는 저 도덕적 법률을 해명하는 것뿐이다. 도덕적 법률은 이미 어느 정도 그 모습을 드러냈다. 앞으로 인류는 과제로 남겨진 도덕적 법률을 해명하기만 하면 된다. 물론 삶을 주관하는 도덕적 법률이 전혀 필요치 않은 자 나 도덕적 법률에 의지하고 싶지 않은 자에겐 이 같은 인류의 수고가 무의미하게 느껴질 것이다. 하지만 이 난해한 과제야말로 인류 전체가 짊어져야 할 유일한 사명이라는 점은 변하지 않는다. 이 도덕적 법률이 인류의 삶에 얼마나 큰 영향을 끼칠는지는 아무도 알 수 없다. 마치 날이 무딘 칼과 잘 드는 칼의 차이점을 눈으로 식별할 수 없는 것과 비슷하다. 칼로 아무것도 자를 필요가 없는 사람에겐 잘 드는 칼이든 잘 들지 않는 칼이든 상관없을 것이다. 하지만 칼이 잘 드는가, 아니면 잘 들지 않는가에 따라 삶의 수준이 결정될 수 있다는 점을 이해한 사람에겐 무척 중요한 문제이다. 그리고 이들은 결국 칼이란 아무리 날카롭게 갈아놓아도 무언가를 자르지 않는 한 아무 데도 쓸모가 없다는 점, 또 다행히 잘랐을지라도 자신이 원하는 대로 잘렸을 경우에만 칼로서 역할을 다했다는 점을 잊지 않는다.

🍎 우리는 무엇을 해야 하는가

무엇이 정녕 진실인가라는 명제의 가장 확실한 특징은 그것이 간단명료하다는 것이다. 거짓은 항상 복잡하고 난해하다.

🍎 인생의 길

　　인간의 생활을 정의로운 방향으로 인도하기 위해서는 한 개인에게 있어서도, 그리고 인간 사회 전체에 있어서도 내적인 도덕적 완성을 추구해야만 한다. 이것이 우리가 삶을 통해 발견한 몇 가지 법칙 중 하나이다.
　나의 종교

　　종교와 도덕의 분리를 주장하는 것은 들판에 핀 화초를 자신의 정원으로 옮기기 위해 눈에 거슬리는 뿌리를 떼어내려고 하는 것과 유사한 생각이다. 종교적인 토양 없이 인간을 기만하지 않는 도덕이 존재할 수 없다. 그것은 뿌리가 없는 식물이 존재할 수 없는 자명한 이치와 동일한 원리이다.
　종교와 도덕

　　종교의 본질은 한 인간이 자신의 개인적인 인격을 무한한 우주의 일부로 파악하거나, 또는 전 인류적인 이상과 자신의 내면적인 욕구를 절충시키는 데 소모되는 관계라고 볼 수 있다. 도덕이란 이 같은 관계를 설정하는 도중에 겪게 되는 질서이다.
　종교와 도덕

사람들은 쉽사리 단 한 명의 인간에게, 또는 소수의 인간 집단에게 복종하거나 희생될 수 있다. 마찬가지로 어떤 사람들은 자기 자신이 스스로를 구속하는 매듭인 경우도 있다.

🍎 인생의 길

인간이 자신의 죄를 깨닫는 것처럼 괴로운 일도 없다. 하지만 이 고통스런 성찰을 통해 우리는 죄로부터 해방되는 영혼을 느낀다. 만약 어둔 밤이 존재하지 않았더라면 우리는 한낮의 태양에 감사하지 않았을 것이다. 인간의 본성에 죄악이 없었다면 우리는 정의의 환희를 알지 못했을 것이다.

증오는 항상 무력함에서 태어난다

악행을 저지르는 자는 항상 이웃의 행복을 위해 어쩔 수 없었다고 변명한다. 그들과 다투고, 그들에게 수치를 안겨주면서도 정작 본인은 그들의 행복을 위해 어쩔 수 없었다고 변명하는 것이다. 게다가 이런 변명을 일삼는 자들은 대부분 개인의 이름이 아닌 집단의 이름으로 변명하곤 한다.

🍎 교의신학비판

인간은 자기 자신에게 만족할수록 타인을 더욱 쉽게 증오한다. 겸손한 인간일수록 타인에 대한 증오의 감정을 쉽게 떨쳐버린다. 지금 누군가를 미워하고 있다면 그를 생각하지 말고 당신 자신을 돌아보라. 그 방법밖엔 없다.

🍎 인생의 길

본인들뿐 아니라 모든 사람들이 범죄자로 취급하는 도둑, 강도, 살인자, 사기꾼들은 범죄의 실상을 알려준다는 의미에서 좋은 본보기가 된다. 이들을 통해 사람들은 범죄의 해악을 경험하며, 또한 그 같은 유혹으로부터 자신을 지키고자 노력하게 된다. 그러나 지주, 상인, 공장주, 정부처럼 종교나 과학의 이름을 빌려 자신들의 범죄를 가장하고, 자유주의적 억제 이론이라는 미명으로 자신들의 부당한 수탈행위를 정의로 둔갑시키는 자들이야말로 절도, 강도, 살인을 저지르는 범죄자보다 훨씬 더 위험한 부류이다. 이들은 범죄의 대가를 치르기는커녕 타인들이 자신들의 행위를 본받을 때까지 위선과 광고와 강압으로 범죄를 양산하며, 자신들이 속한 사회에서 선과 악의 구별이 모호해질 때까지 구성원 전체를 타락시키고자 노력한다.

🍎 하나님 나라는 그대 안에 있다

내 주위에는 악인들만 들끓는다고 당신은 투덜거린다. 만일 당신이 정말 그렇게 생각한다면 그것은 당신이 지독한 악인이라는 것을 스스로 시인하는 것밖에 되지 않는다.

🍎 인생의 길

우리는 신체적인 고통을 느낄 때 무언가 잘못되었음을 알
게 된다. 즉 해서는 안 될 일을 했거나, 해야 될 일을 하지 않은
것 중 하나라는 점을 곧 깨닫는다. 정신적인 생활도 마찬가지
다. 만일 우울하거나 초조하다면 우리는 무언가 잘못된 생각을
하고 있는 것이다. 다시 말해 사랑해서는 안 될 것을 사랑했든
지, 사랑해야 하는 것을 사랑하지 않은 것 중 하나이다.

어떤 사람이 당신에게 무례한 짓을 저질렀다. 그래서 당신
은 그에게 화를 냈다. 일은 그것으로 끝났다. 하지만 당신의 마
음속에는 이미 그에 대한 적개심이 뿌리를 내렸다. 그렇기 때
문에 당신은 그를 생각할 때마다 초조해진다. 마치 당신 마음
속에 앉아 있는 악마가 당신이 그를 생각할 때마다 그의 얼굴
에 '증오'라는 낱말을 새기는 것 같은 기분이다. 그렇다면 지
금 당장 그 악마를 몰아내라. 그리고 항상 조심하라. 악마가 당
신보다 먼저 누군가를 떠올리는 일이 없도록 주의하라.

진리를 깨닫지 못한 상태에서 자신도 모르게 범죄를 저지른 자들은 그 범죄에 희생된 사람들에게 동정과 그 행위에 대한 혐오를 불러일으키지만, 누구보다 진리에 대해 잘 알고 있으면서도 위선적으로 범죄를 저지른 자들은 자기 자신을 속이기 위해, 또 자신이 저지른 범죄의 대가로 희생된 사람들을 속이기 위해, 또 그들의 허위에 현혹된 수많은 사람들을 속이기 위해 끊임없이 범죄를 재생산하게 된다.

🍎 하나님 나라는 그대 안에 있다

죄는 죄를 동반하기 때문에 죄는 언제까지나 이어진다.

🍎 어둠의 힘

분노에 휩싸여서 자신이 저지른 일에 대한 기억이 없다고 말하는 것은 분명 거짓말입니다. 그건 어림없는 말입니다. 나는 명확한 의식을 처음부터 끝까지 유지했습니다. 잠시라도 멍청하게 서 있거나, 내가 지금 무슨 일을 하고 있느냐고 나 자신에게 물은 적은 없습니다. 분노가 속에서 강하게 이글거릴수록 의식은 더욱 환해졌으니까요.

🍎 크로이처 소나타

우리가 악이라고 생각했던 대부분의 관념들은 우리가 아직 이해하지 못한 선일 가능성이 높다.

두려운 것은 강도도 아니며, 살인도 아니며, 사형도 아니다. 강도란 무엇인가? 그것은 어떤 사람의 소유물이 강제적으로 다른 사람의 손아귀로 이동하는 특수한 과정이다. 이런 일은 역사가 시작된 이래 줄곧 지속되었으며, 앞으로도 끊임없이 발생할 것이다. 따라서 이는 결코 두려운 일이 아니다. 그렇다면 사형과 살인이란 무엇인가? 이 또한 인간이 삶에서 죽음으로 옮겨지는 특수한 과정이다. 역사가 시작된 이래 줄곧 지속되었으며, 앞으로도 끊임없이 발생할 것이다. 따라서 죽음은 결코 두려운 일이 아니다. 우리가 가장 두려워해야 할 것은 강도나 살인이 아니라 강도와 살인을 부추기는 증오이다. 그런데 인간은 증오보다 강도를, 그리고 살인을 더욱 두려워한다.

증오는 항상 무력함에서 태어난다.

인간은 때때로 타인의 결점을 들추는 것으로 자신의 존재를 부각시키고 싶어한다. 하지만 그때마다 오히려 드러나는 것은 자기 안에 감춰진 추악한 이기심이다.

인간은 총명하고 선량할수록 타인의 장점을 인정할 줄 안다. 그러나 어리석고 교만한 자일수록 타인의 결점을 찾아 평생을 낭비한다.

❧ 인생의 길

타인과의 어설픈 관계로 인해 자신과 상대방을 모두 괴롭히고 싶지 않다면 입에 발린 말로 그를 두둔하거나, 존경한다는 말로 상대방을 모욕하는 일이 없도록 주의해야 한다. 사랑하지 않는 사람과 친분을 맺는 것은 우정에 대한 모독이다.

❧ 인생의 길

화가 나기 전에, 또는 무슨 말을 입 밖에 내기 전에 열까지 세어라. 분노가 뱃속에서 치고 올라올 때, 혹은 눈앞의 상대방이 내 주먹에 맞고 쓰러져 있는 모습이 자꾸 떠오를 때 백까지 세어라.

❧ 인생의 길

깊은 강은 아무리 큰 돌을 던져도 앙금이 떠오르지 않는다. 사람도 이와 마찬가지다. 사소한 모욕에 쉽게 분노하는 자는 강이 아니라 구덩이에 고인 빗물에 불과하다.

🍃 인생의 길

사람이 자기 얼굴이나 육체를 자랑하는 것은 대단히 어리석은 짓이다. 그러나 부모나 조상, 친구, 계급, 민족을 자랑하는 것은 치유할 수 없는 어리석음이다.

이 세상을 어지럽히는 악은 대부분 이런 어리석은 교만에서 생겨났다. 사람과 사람 사이의 다툼도, 집안과 집안 사이의 다툼도, 민족과 민족 간의 전쟁도 모두 이런 이기적인 교만에서 시작되었다.

🍃 인생의 길

대다수의 사람들이 자신은 타인보다 총명하고 선량하며 뛰어나다는 자부심을 감추고 생활한다. 하지만 인간은 자기 자신의 지능과 미덕의 가치를 확인할 수 없다. 그러므로 타인의 지능과 미덕의 가치를 아는 것은 더더욱 불가능한 일이다.

🍃 인생의 길

자신에게 만족하는 자일수록 만족할 만한 이유가 없다.
🍀 인생의 길

교만함과 인간으로서 자신의 가치를 의식하는 것은 전혀 별개의 활동이다. 교만함은 타인의 칭찬으로 늘어나지만, 자신에 대한 가치를 의식하는 것은 반대로 타인의 모욕과 비난을 통해 더욱 강화되기 때문이다.
🍀 인생의 길

거만한 자는 항상 여러 가지 벌에 시달린다. 그중에서 가장 참혹한 벌은 그가 아무리 노력할지라도 타인의 사랑을 받지 못하는 형벌이다.
🍀 인생의 길

거만한 자는 얼음을 뒤집어쓰고 사람들과 악수한다. 그에 대해 아무리 좋은 감정이 있어도 이렇게 두꺼운 얼음을 깨고 악수를 나누고 싶어하는 사람은 많지 않다.
🍀 인생의 길

스스로 뛰어나다고 자부하는 것은 어리석은 짓이다. 이런 교만이 어떤 폐단을 야기하는지 우리는 교육을 통해 충분히 알고 있다. 하지만 반대로 우리는 자신이 속한 가정을 다른 사람이 속한 가정보다 훌륭하게 여겨야 한다고 교육받는다. 그리고 더 나아가 자신의 민족이 타민족보다 훨씬 우월하다고 교육받는다. 이때 전자는 미덕이라는 이름으로 강요되고, 후자는 애국심이라는 이름으로 강요된다.

인생의 길

거만한 자는 자신은 어느 누구보다 뛰어나다고 생각할 뿐 아니라 자신의 민족은, 즉 러시아인이라면 러시아 민족을, 폴란드인이라면 폴란드 민족을, 유태인이라면 유태 민족을 다른 어느 민족보다 위대하다고 확신한다. 개인의 오만도 문제지만 이 같은 민족 간 오만이야말로 인류를 위협하는 가장 큰 두통이다. 이런 오만한 마음 때문에 수백만 명이 넘는 사람들이 사망했고, 지금도 수를 헤아릴 수 없을 만큼 많은 사람들이 죽고 있다.

인생의 길

죄를 저지르는 것은 인간의 소행이며, 자기 죄를 정당화하는 것은 악마의 소행이다.

❦ 인생독본

인간은 자신의 행위를 자랑할 수 없다. 왜냐하면 그가 좋은 일을 베풀었을지라도 그것은 스스로 선택한 것이 아니라 그의 영혼 속에 살아 있는 신의 선택이었기 때문이다.

❦ 인생의 길

결코 죄를 두려워해서는 안 된다, 나는 죄를 저지르는 데 익숙하다, 나는 약한 인간일 뿐이다 하고 중얼거려서는 안 된다. 우리는 살아 있는 동안 항상 죄와 싸우며, 오늘이 아니면 내일, 내일이 아니면 모레, 모레가 아니면 반드시 이 땅에서 버거운 삶을 내려놓기 전에 죄로부터 승리를 쟁취해야만 한다. 만일 이 싸움을 미리 포기한다면 인생의 가장 중요한 의미를 포기하는 것이 된다.

❦ 인생의 길

인간이 자신의 죄를 깨닫는 것처럼 괴로운 일도 없다. 하지만 이 고통스런 성찰을 통해 우리는 죄로부터 해방되는 영혼을 느낀다. 만약 어둔 밤이 존재하지 않았더라면 우리는 한낮의 태양에 감사하지 않았을 것이다. 인간의 본성에 죄악이 없었다면 우리는 정의의 환희를 알지 못했을 것이다.

우리들은 모두 하나님의 도구이다. 우리는 태어나는 순간부터 우리가 무엇을 해야 하는지 잘 알고 있다. 하지만 무엇 때문에 우리가 그것을 해야 하는지는 모르고 있다. 어떤 사람이 이것을 깨달았는지 알고 싶다면 그가 겸손한가를 살펴보면 된다.

회개는 자신의 죄를 인식하고 죄와 싸울 각오를 다지는 행위이다. 그렇기 때문에 아직 힘이 떨어지기 전에 죄를 뉘우쳐야 한다. 램프도 불이 다 꺼지기 전에 기름을 채운다.

원치 않는 사랑을 강요할 필요는 없다. 당신이 누군가를 사랑하지 않는다고 해서 당신 안에 사랑이 없는 것은 아니다. 단지 사랑을 방해하는 무언가가 당신의 마음을 가리고 있을 뿐이다. 병을 거꾸로 놓고 아무리 흔들어도 병마개가 박혀 있다면 우리는 병 속에 담긴 내용물을 한 모금도 마실 수 없다. 사랑도 이와 다르지 않다. 당신의 영혼은 지금도 사랑으로 가득 차 있지만, 당신의 죄악 된 본성이 병마개처럼 당신의 마음을 막고 있는 것이다.

🍎 인생의 길

신앙에 의해, 또는 타인의 용서에 의해 죄를 모면할 수 있다고 생각한다면 착각이다. 무엇에 의해서도 우리는 죄에서 자유롭지 못하다. 다만 자신의 죄를 인식하고 죄를 되풀이하지 않도록 노력할 뿐이다.

🍎 인생의 길

스스로 죄에서 해방되었다고 선언하는 자야말로 진정 가련한 인간이다.

🍎 인생의 길

타인에 대한 죄와 자기 자신에 대한 죄가 있다. 타인에 대한 죄는 타인의 내면에 깃든 신적인 존재를 인정하지 않는 것이다. 자기 자신에 대한 죄는 자기 안에 깃든 신적인 존재를 인정하지 않는 것이다.

인생의 길

폭력은 항상 사람들의 증오를 불러일으킨다. 자신의 몸을 지키기 위해 폭력을 행사하는 자는 대부분 자기 자신의 안전도 보장받을 수 없을 뿐더러, 오히려 더 큰 위험과 맞닥뜨리게 된다. 그러므로 자신을 지키려면 폭력을 행사해야 한다는 믿음은 어리석으며, 사리에도 맞지 않는 일이다.

폭력의 법칙과 사랑의 법칙

왕은 친위대를 이끌고 마을을 약탈한다. 그는 여자들과 어린아이들을 마구 살해하고 마을을 불태워버린다. 주인은 노예에게서 노동력을 빼앗고, 이에 반항하면 무장한 자들을 불러 폭력을 행사한다. 국가는 국민에게 부당한 세금을 부과하고, 지사나 경찰서장을 동원해 돈을 착취하고, 거부하면 군대를 보내 살인과 방화를 일삼는다. 결국 모든 폭력은 부를 위해 자행되고, 부는 폭력을 증대시킨다. 이것이 인류의 역사적 비극이다.

우리는 무엇을 해야 하는가

자신이 생각하는 선행을 타인에게 권고할 때 폭력을 사용하는 것은 내가 생각하는 선행이 범죄라는 것을 사람들에게 인식시키는 가장 확실한 방법이다.

폭력의 법칙과 사랑의 법칙

　타인에게 폭력을 휘두르는 자들은 이 폭력이 국가를 위해 존재하며, 국가는 국민의 자유와 행복을 위해 필요하다고 주장한다. 폭력에 익숙해진 자들은 국민의 자유를 확장시키고자 국민에게 폭력을 휘두르고, 국민의 행복을 증진시키고자 국민에게 범죄를 저질렀다고 말한다.

　'눈에는 눈, 이에는 이' 라는 말은 너무나 자주 들어온 말이다. 하지만 나는 당신들에게 말한다. "악한 자에게 맞서지 말라. 참고 견뎌내라." 나는 이제 와서야 그리스도의 이 말씀을 이해할 수 있을 것 같다. 그리스도는 이렇게 가르치고 싶었던 것이다. "폭력을 통해 악인으로부터 나를 방어하고, 자기 눈이 도려내졌다는 이유로 상대방의 눈을 도려내고, 경찰과 군대를 동원해 적으로부터 내 몸을 지키는 것은 어쩌면 당연한 본능일지도 모른다. 하지만 나는 너희들에게 말한다. 폭력을 사용하지 말라. 너희들이 적으로 인식한 자들에게 악을 행하지 말라. 이것은 오직 인간만이 할 수 있는 유일한 본능이다."

252

폭력이 악이라는 것은 누구나 알고 있는 일이다. 그래서 사람들은 어떻게 하면 폭력을 중단시킬 수 있을까 궁리한 끝에 우리 시대의 가장 잔인한 폭력, 다시 말해 감옥과 사형을 떠올리게 되었다.

물통이 샌다는 것은 물통에 구멍이 뚫려 있기 때문이다. 물통의 바닥을 살펴보면 여기저기 뚫려 있는 구멍에서 물이 새어나오는 것을 알 수 있다. 그러나 밖에서 아무리 구멍을 막더라도 물은 역시 새어나올 것이다. 이렇게 새는 것을 막고 싶다면 우선 물통에 담긴 물을 모두 쏟고 안쪽에서 새는 구멍을 막아야 한다. 부富의 부정한 축재를 막는 것도 이와 똑같은 방법을 사용하면 된다. 어떤 사람들은 이 뚫린 구멍을 막으려면 노동조합을 만들고, 모든 자본을 사회의 공공재산으로 환원시킨 후 개인의 토지를 다시 사회의 공유로 만들어야 한다고 주장한다. 하지만 이런 주장은 결국 물이 새는 것만 보고 밖에서 땜질하려는 것과 같다. 일하는 자의 손에서 일하지 않은 자의 손으로 부가 이동하는 것을 막기 위해서는 뚫린 구멍이 어디쯤에 있는지 안쪽에서 찾아봐야 한다. 이 구멍이란 대부분 무장

하지 않은 사람에게 무장한 사람이 가하는 폭력이다. 즉 군대
와 정부가 저지르는 폭력이다. 이 같은 군대의 폭력에 의해 사
람들은 정당한 임금을 빼앗기고, 토지를 빼앗기고, 자신들의
노동이 생산한 산물을 빼앗긴다. 어느 누구든 가차없이 살해할
권리가 오직 자신에게 있다고 믿는 자가 단 한 사람이라도 존
재하는 한 부의 부정한 분배, 즉 노예제도는 사라지지 않을 것
이다.

억압자의 폭력은 황금알을 낳는 닭이 죽지 않을 만큼 혹
사당하는 것처럼 경계를 넘나든다. 그리고 만일 이 닭이 아메
리카 인디언이나 아프리카 원주민처럼 알을 낳지 못하게 되면
그 즉시 죽임을 당한다.

정치가들은 국민의 노동을 착취한 대가로 채찍을 휘두
른다.

악에 대해 악으로 보답하려는 것은 결국 불행을 초래한다. 악에 대해 사랑으로 보답하면 비록 고통스러울지라도 결국 행복을 얻게 된다.

지배자들은 자신들의 폭력이 사람들을 올바른 길로 인도하고 있다는 착각에 빠지기 쉽다. 하지만 실상은 지배자들의 폭력을 통해 국민들은 범죄를 경험하고, 범죄를 배우고 있다. 국가는 진창 속에 빠진 사람에게 그곳에서 도망칠 수 있는 방법을 가르치는 것이 아니라 뒹구는 방법을 가르치고 있다.

폭력은 항상 사람들의 증오를 불러일으킨다. 자신의 몸을 지키기 위해 폭력을 행사하는 자는 대부분 자기 자신의 안전도 보장받을 수 없을 뿐더러, 오히려 더 큰 위험과 맞닥뜨리게 된다. 그러므로 자신을 지키려면 폭력을 행사해야 한다는 믿음은 어리석으며, 사리에도 맞지 않는 일이다.

폭력으로 질서를 확립할 수 있다는 망상은 그것이 고래로부터 이어져 내려온 방법이라는 점에서 그동안 인류에게 무수한 상처만을 남겼다. 폭력적인 구조를 경험하며 성장한 인간은 타인에 대한 폭력이 정당한가를 따지는 대신 이 같은 폭력으로 내가 얼마나 평화로울 수 있는가를 생각한다. 그 때문에 권력을 가진 자는 사람들에게 자신의 정당성을 인식시킬 수 있는 가장 확실한 방법은 오직 폭력뿐이라고 생각하게 된다. 그리고 현존하는 질서를 유지한다는 명목 아래 끊임없이 폭력을 재생산한다. 그러나 실제로 한 사회의 질서는 폭력이 아닌 여론에 의해 유지된다. 폭력은 여론을 파괴할 뿐이다. 결국 질서를 위해 자행된 폭력이 질서를 문란하게 만들고, 문란해진 질서를 회복시키기 위해 사람들은 더욱 잔혹한 폭력을 갈망하게 되는 것이다.

❦ 폭력의 법칙과 사랑의 법칙

어떤 사람이 다른 사람의 생활을 폭력을 통해 개선시킬 수 있다는 망상에 사로잡혀 있다면 무엇보다도 그가 선과 악을 구별할 수 없다는 점에서 위험하다.

❦ 폭력의 법칙과 사랑의 법칙

사람들은 폭력에 완전히 익숙해지면 재판관이나 경찰, 군대 덕분에 자신들의 평화로운 삶이 유지되었다고 착각하게 된다.

이런 생각은 그저 잘못된 생각이라고 반성하면 끝나는 것이 아니기에 더욱 위험하다. 재판관, 경찰, 군대는 모두 사람들의 일상적인 평화를 방해하는 장애물이다. 그런데도 사람들은 이들 조직에 헛된 기대를 걸고, 자신들의 힘으로 평화를 쟁취하려는 노력을 점점 멀리한다.

🍎 폭력의 법칙과 사랑의 법칙

우리가 폭력의 범죄를 전혀 깨닫지 못하는 이유는 우리가 공인된 폭력에 항상 노출되어 있기 때문이다. 폭력은 본질적으로, 그리고 필연적으로 인간의 죽음을 수반하게 마련이다.

어떤 사람이 다른 사람에게 무엇인가를 명령하며, 수행하지 않았을 경우 강제로 시키겠다고 말하는 것은 만일 네가 나의 명령을 듣지 않으면 죽여버릴 수밖에 없다는 말과 같다. 그러므로 폭력을 행하는 모든 사람은 살인자이다.

🍎 폭력의 법칙과 사랑의 법칙

사람들은 모두 자신들의 생활 중 어떤 점을 개선해야 되는지 잘 알고 있다. 하지만 인간이 스스로의 힘으로 개선할 수 있는 것은 없다. 그렇기 때문에 자기 자신을 개선하고 싶다면 무엇보다 먼저 자신이 얼마나 나약하며 무능한 존재였는가를 인정할 수 있어야 한다. 하지만 사람들은 이 같은 요구를 대부분 불쾌하게 받아들인다. 그들은 항상 주위를 지배하고 싶어하며, 또 얼마든지 지배할 수 있다고 생각한다. 하물며 자기 자신의 의지쯤은 항상 지배하고 있다는 착각 속에 살아간다. 이 같은 착각 때문에 우리는 언제나 외적인 변화만을 추구하게 된다. 인간은 늘 술이 아닌 잔을 바꾸려고 한다.

폭력의 법칙과 사랑의 법칙

정부는 군대의 주요 업무가 외적으로부터 국가를 수호하는 데 있다고 주장하지만, 경험상 이는 분명 거짓말이다. 군대의 가장 큰 업무는 자국민을 억압하고 수탈하는 데 있다. 그러므로 병역의무가 존재하는 나라의 국민은 자신도 모르는 사이에 국가 폭력의 공범자가 될 수밖에 없다.

하나님 나라는 그대 안에 있다

군인들이 이처럼 태만을 부끄럽게 여기지 않는 까닭은 자신들이 언제 전쟁터에서 죽게 될지 모른다는 생각을 하고 있기 때문이다. 그래서 전시에는 군인들의 방탕한 생활이 더욱 심해진다.

❤ 부활

우리의 인생은 우리들의 행복을 파괴하는 것이 무엇인지 깨달을 수만 있다면 언제든 회복될 것이다. 하지만 우리가 믿고 있는 단 한 가지 미신, 즉 폭력을 통해 행복이 유지될 수 있다는 이 어리석음 때문에 우리는 결국 불행해진다.

❤ 폭력의 법칙과 사랑의 법칙

한마디로 군대라는 집단은 입대한 사람들을 완전한 나태의 상태로, 다시 말해 합리적이고 유익한 노동이 완전히 결여된 상태로 몰아넣어 그들의 일반적인 의무를 해방시키는 대신 군복과 훈련 같은 인습적인 명예만을 제공한다. 군대는 타인에 대해 무제한적인 권력과 상급자에 대한 노예적 복종을 오가면서 인간을 타락시키는 것이다.

❤ 부활

인류의 조상 아담이 에덴동산에서 쫓겨나기까지 그의 유일한 행복은 아무런 노동도 하지 않는 게으름에 있었다고 성서는 우리에게 말한다. 게으름을 즐기는 그의 성격 덕분에 인류는 에덴동산에서 쫓겨난 뒤에도 여전히 이 저주받을 개념과 싸워야 했으며, 땀을 흘려야 빵을 얻을 수 있는 과제를 떠안게 되었다. 이것은 신이 인간의 게으름에 지불한 대가였다. 우리는 게으름이 죄라는 것을 알고 있다. 만일 인간이 자신의 게으름으로 누군가를 도울 수 있는 방법을 발견한다면 그는 인류의 시작과 더불어 아무도 해결하지 못한 게으름에 대한 인간의 욕망을 해소시킨 최초의 선구자로 기억될 것이다. 물론 이것은 개인적인 깨달음에 한해서이다. 우리 주변에는 아담의 태만이 안고 있던 숙명을 뛰어넘은 집단이 존재한다. 그들은 바로 군대이다. 이들은 의무적으로 게으름을 즐긴다. 군대생활의 가장 큰 매력은 하루 종일 아무것도 하지 않아도 비난하는 사람이 없다는 점이다. 오히려 군대가 게으름에 도취되어 조용할 때 사람들은 진정 평화로운 시절이 도래했다고 기뻐하는 것이다.
🍎 전쟁과 평화

폭력은 흥분한 사람들을 진정시키지 못한다. 오히려 분노한 민중을 더욱 자극할 뿐이다. 그러므로 폭력으로 인간을 교화할 수 없다는 것은 자명한 진리이다.

❧ 폭력의 법칙과 사랑의 법칙

군대를 가장 필요로 하는 곳은 국민이 아니라 바로 정부이다. 우선 첫째로 폭력을 동원해 국민의 노동력을 착취하는데 필요하다. 게다가 이웃의 다른 정부를 견제하려면 군대가 반드시 필요하다. 이들 정부 역시 자국의 군대를 동원해 국민들을 착취하고 있으며, 또한 이웃나라의 노예화된 국민들을 탈취하려고 항상 노려보고 있다. 이 때문에 각국 정부는 국내의 치안뿐 아니라 다른 정부로부터 자신의 먹이를 지키기 위해 군대를 요구하게 되는 것이다. 150년 전 몽테스키외가 예언한 것처럼 전 세계로 군대라는 전염병이 퍼지는 것이다.

❧ 하나님 나라는 그대 안에 있다

불합리한 노동에 대한 파업이 아니라 불합리한 징병에 맞서는 파업이 절실하게 요구된다.

❧ 전쟁과 평화

정부가 가장 필요로 하는 지지 세력은 폭력을 통해 정부의 의지를 수행할 용의가 있는 무장 세력들, 즉 상관에게서 죽이라는 명령만 떨어지면 누구든지 살해할 수 있도록 훈련받은 자들의 지지를 필요로 한다. 이런 자들은 바로 경관과 군인들이다. 군대는 잘 훈련된 살인집단에 불과하다. 군대의 훈련은 결국 살인기술을 습득하는 것이며, 군대의 승리란 결국 누군가를 죽였다는 의미이다. 역사적으로 살펴봤을 때 군대는 항상 권력의 시녀였으며 현재도 그렇다. 권력은 항상 군대를 지배하는 자들에게 이어졌고, 로마 황제부터 러시아 황제나 독일 황제에 이르기까지 모든 권력자들이 가장 심혈을 기울인 집단은 국민이 아니라 군대였다. 군대는 우선 정부의 외면적인 힘을 과시하는 데 필요하다. 그리고 군대는 다른 정부에 의해 권력을 탈취당하는 것을 방지한다. 전쟁이란 몇몇 정부 간에 발생한 권력투쟁에 지나지 않는다. 군대가 이처럼 국민이 아닌 정부에 절대적인 의미를 가지고 있기 때문에 거의 대부분의 정부들은 항상 국민들로부터 무언가를 탈취해 군대를 증강하고 싶어한다.

🍎 인생의 길

거짓으로 국민을 속이는 자들은 늘 서로 결합하게 마련이다. 이 같은 결합이 세계를 위험으로 이끄는 해악의 정체이다. 인류의 모든 이성적인 활동은 이 같은 거짓으로 국민을 기만하려는 더러운 집단과의 투쟁이다.

혁명이란 이 같은 거짓된 집단을 폭력으로 분쇄하려는 시도라고 할 수 있는데, 사람들은 폭력으로 이들의 결집을 막을 수 있다고 착각한다. 그 때문에 역사적으로 수많은 민란과 봉기가 시도되었지만 결과적으로 폭력을 통한 투쟁은 이런 집단을 더욱 결합시키는 부작용을 낳고 말았다.

서로 이해관계가 다른 두 집단을 가장 완벽하게 결합시킬 수 있는 힘은 허위와 거짓이다. 반대로 이런 이익집단을 분쇄시킬 수 있는 가장 강력한 힘은 진실의 규명이다. 그리고 이 같은 진실은 인간의 진실한 행위를 통해 규명된다.

사회를 구성하는 개개인들의 진실한 행위가 그들의 고유한 개성과 의식을 비추고, 거짓으로 결합된 무리들로부터 사람들을 해방시킬 수 있다.

❧ 내 신앙의 귀결

인류의 진보를 증명하는 가장 위대하고 가장 중요한 변화
는 우리 눈에 보이는 찬란한 성공이 아니다. 예컨대 총칼로 무
장한 수백만의 군대, 새로운 기술로 건설한 도로와 건물, 만국
박람회, 노동조합, 혁명, 바리게이트, 폭동, 발명, 공중비행 등
은 한낱 물질적인 발전에 지나지 않는다. 시대의 진보를 앞당
기는 필수 요소는 바로 여론의 변화이다. 여론이 구시대의 악
습에서 벗어나 스스로 자유를 원하고, 또 자신의 자유를 존중
하는 것만큼 타인의 자유를 존중할 때 비로소 우리는 인류의
진보를 확증할 수 있는 가장 명확한 증거를 얻었다고 자랑하게
될 것이다. 여론의 변화를 위해서는 먼저 정부의 거짓에 현혹
되지 않고, 인위적인 과거와 단절하고, 자기 스스로 판단한 진
리 외에 그 어떤 허황된 가르침에도 예속되지 않으려는 자각이
선행되어야 한다. 가장 기초적으로 옳은 것에 찬성하고 옳지
못한 것에 반대할 수 있는 인간의 존엄이 회복되어야 한다. 아
무리 소수일지라도 진실을 말하려는 자들이 존재한다면 그 사
회에는 희망이 있다. 왜냐하면 여론은 항상 진실을 따르기 때
문이다. 오늘날 사람들이 겪고 있는 온갖 모순과 부조리는 우
리가 말해야 될 때 침묵하고 침묵해야 될 때 찬성했기 때문에
자초한 일이다. 우리는 아이들에게 진실을 말하라고 가르쳤지

만 정작 본인은 항상 거짓을 말해왔고, 그것도 정부나 권력의 억압에 못 이겨 그들이 가르치는 거짓을 반복해왔다. 진정한 혁명과 혁명으로 도래할 새로운 세계는 폭력이나 거대한 민중의 구호로 수립되지 않는다. 그것은 다만 외면적이고 표피적인 또 다른 이름의 폭거일 뿐이다. 우리 모두가 받아들일 수 있는 새로운 세계는 거리의 시위대가 들고 있는 팸플릿이 아니라 바로 우리들 마음속에 존재하고 있다. 이것을 깨닫는 것이 바로 우리가 이룩해야 할 진보이다.

🍎 기독교와 애국심

만일 당신이 사회 구조의 폐단에 분개하고 있다면, 그리고 이 잘못된 폐단을 당신의 힘으로 올바르게 수정하고 싶다면 방법은 오직 단 하나밖에 없음을 알아야 할 것이다. 우리에게 허락된 유일한 방법은 모든 인간이 좀더 나은 인간으로 발전하는 것뿐이다. 그리고 모든 인간을 보다 나은 인간으로 발전시키기 위해 당신이 해야 될 일은 당신 자신이 먼저 보다 나은 인간으로 발전하는 것뿐이다.

🍎 인생의 길

많은 혁명들이 애초의 기대와 달리 잔인하게 변질되는 까닭은 혁명의 지도자들이 대부분 잔인한 본성을 감추고 있기 때문이다. 혁명가들이 품고 있는 일반적인 생각, 즉 다른 인간의 삶을 폭력으로 조직할 수 있으며, 또한 자신들에게 조직할 권리가 주어졌다는 이 야만스런 믿음은 바로 그들이 타도하려는 정부로부터 물려받은 정신이다. 더 큰 폭력으로 폭력을 잠재울 수 있다는 혁명가들의 사고방식은 정부가 학생시절부터 그들에게 가르친 교육이었던 것이다. 그러므로 새로운 혁명을 기대한다는 것은 새로운 폭력을 기다리는 것과 같다.

🍎 인생의 길

이 세상에 돈만큼 많은 폭력을 만들어낸 것은 없다.

🍎 폴리쿠쉬카

국민의 요구로 구성된 모든 정부와 지배계급들이 제일 먼저 국민들에게 군대를 요구하는 것은 국민의 요구를 거부하기 위해서다.

🍎 하나님 나라는 그대 안에 있다

무정부주의자들의 주장은 모두 옳다. 현존하는 악습을 부정한다는 점에서, 또 현존하는 권력의 폭력을 모든 악의 근원으로 인정한다는 점에서 그들은 항상 옳은 선택을 하고 있다. 하지만 이들 무정부주의자들이 사회의 악습과 부조리를 혁명을 통해 치유할 수 있다고 생각한다면 이는 커다란 잘못이다. 무정부주의자들이 주장하는 사회는 정부 권력을 필요로 하지 않는 인간이 늘어난다면, 또 이 같은 권력을 수치로 생각하는 자들이 더욱 많아진다면 당연히 도래할 사회이기 때문이다.

🍎 인생의 길

돈이 돈 이상의 가치로 존재한 사회에는 항상 무장하지 않은 약자에 대한 무장한 강자의 폭력도 존재해왔다. 그 이유는 폭력의 가치가 항상 돈으로 책정되었기 때문이다. 물론 사회의 발전에 따라 한때는 가죽과 모피, 황금의 수량으로 폭력이 결정되기도 했지만, 지금은 폭력의 가장 결정적인 대가는 항상 돈의 액수로 결정되고 있다. 따라서 오늘날 자본의 유통이 원활한 사회일수록 폭력 또한 쉽게 찾아볼 수 있다.

🍎 우리는 무엇을 해야 하는가

같은 피지배자의 신분인 어느 집단이 자신들을 억압하는 정부를 타도하기 위해 폭력을 주문하고, 이 폭력을 통해 인간이 더 이상 노예로 불리지 않는 세상을 만들겠다고 사람들을 선동하며, 또 실제로 계획하고 실천하는 것은 자신과 타인을 속이고 있는 것에 지나지 않는다. 속이는 것으로 그치는 것이 아니라 오히려 상황을, 즉 정부의 억압을 더욱 가중시킬 뿐이다. 어리석은 정의감과 현실을 똑바로 인식하지 못하는 데서 비롯되는 만용으로는 민중이 해방되지 않으며, 권력 강화를 노리는 정부에게 유리한 구실을 제공하는 잘못을 범하게 된다.

🍎 하나님 나라는 그대 안에 있다

인간이 돈을 발명한 이유는 폭력의 활성화를 위해서다. 오늘날 유통되는 대다수의 자본이 교역 대신 폭력의 원인으로 자리잡은 까닭도 바로 이 때문이다. 폭력이 존재하는 사회에서 돈은 정상적인 교역수단으로 활용될 수 없다. 왜냐하면 이런 사회에서는 돈이 가치의 척도가 될 수 없기 때문이다. 돈이 가치의 척도가 되기 위해서는 그 사회에 단 한 사람이라도 타인의 노동을 부당하게 약탈하는 자가 존재해서는 안 된다. 예를 들어 어떤 농장주가 다른 농장에서 키우던 말과 소를 약탈하여

268

시장에 끌고 나온 경우 이 시장에서 거래되는 말과 소의 가치
는 이들 가축을 사육하는 데 소요된 노동의 가치가 될 수 없으
며, 또한 다른 물건값도 이 변동에 영향을 받아 시장에서 거래
되는 돈의 역할은 가치의 척도가 아닌 수탈과 폭력에 대한 지
불이 된다. 만일 폭력에 의해 소나 말, 집이 강탈되는 사회라면
다른 누군가가 행사한 폭력에 의해 말과 집을 언제든 다시 빼
앗길 수 있는 것이다. 이처럼 돈이 폭력에 의해 유통된다는 것
은 이미 교역의 수단이 될 수 없음을 의미한다. 약탈한 돈은 폭
력으로 착취한 불로소득인데, 폭력은 결코 가치로 환산될 수
없다. 그러므로 아무리 사소한 폭력이라도 사회 구성원들 사이
에서 묵인되고 있다면 그 사회에서는 돈이 가치의 척도가 될
수 없으며, 정당한 교역도 불가능하게 된다.

🖐 우리는 무엇을 해야 하는가

인간은 모두 자유다. 어떤 인간이 다른 인간을 억압하거
나 노예로 부릴 수 있는 권한은 없다. 다만 인간이 만들어낸 돈
이 다른 인간을 억압하고 노예로 부릴 수 있는 권한을 쟁취했
을 따름이다.

🖐 우리는 무엇을 해야 하는가

권력자의 폭력이 질서를 유지하는 한 방편으로 인정받는 사회에서 돈이 갖고 있는 가치의 척도는 폭력자의 의사에 따라 변한다. 이런 사회에서는 돈이 노동 산물의 교역수단으로 활용되지 않고 대신 타인의 노동을 착취하는 가장 편리한 수단으로 이용된다. 권력자에게 돈이 필요한 까닭은 교역의 활성화도 아니고 가치의 올바른 척도를 결정하기 위해서도 아니다(이런 사회에서 가치의 척도는 권력자가 스스로 결정한다). 오직 폭력의 편의를 위해서이다. 돈이 많을수록 가난한 민중을 자신의 노예로 길들일 수 있기 때문이다.

우리는 무엇을 해야 하는가

돈은 타인의 노동을 이용할 수 있는 권리를 갖고 있다. 따라서 돈은 노예제도의 새로운 형식이다. 돈의 구속이 노예제도의 전통적인 형식과 다른 한 가지는 계급에 따른 특정 인간을 대상으로 삼지 않는다는 점, 즉 모든 인간을 언제든지 노예화할 수 있다는 점이다.

우리는 무엇을 해야 하는가

우리는 노동의 대가로 돈을 받는다. 그러므로 돈은 노동의 가치를 규정한다는 것이 일반적인 사고방식이다. 이런 사고가 확산되어 사람들은 국가조직마저 계약의 한 형태라고 생각하는 풍조가 만연해졌다. 국가가 국민을 위해 봉사하는 것마저 일종의 계약이며, 그 결과 국민은 국가가 필요로 하는 세금을 납부한다는 것이다. 이제 돈은 단순한 교환의 조건에서 노동의 의의를 재해석하는 규칙이 되어버렸다. 이를테면 나는 장화를 만들고, 당신은 곡물을 만들고, 그는 양을 친다고 가정하자. 우리는 교환을 위해 적당한 노동량을 산정하는 돈의 액수를 설정하고 그 돈으로 구두창, 양의 가슴살, 또는 10펀트의 곡물과 교환한다. 우리는 자신들이 각자 생산한 품목을 돈과 바꾼다. 그러므로 우리가 벌어들인 돈은 우리의 노동을 나타낸다고 볼 수 있다. 하지만 이런 교환이 어떤 사회에서 정당하게 행사되기 위해서는 다른 사람에 대한 폭력이 정당성을 획득하지 못한다는 전제가 있어야만 한다. 전쟁이나 노예제도에서 확인할 수 있는 타인의 노동에 대한 폭력뿐 아니라 자신의 노동의 산물을 지켜내기 위한 폭력마저 인정되지 않는 사회구조에서만 돈이 물물교환과 가치척도로서 기능할 수 있는 것이다. 다시 말해 각 구성원이 기독교의 율법을 완전히 수행하는 사회, 필요한 자에게 주어지고 취한 자에겐 돌려받는 사회에서 돈은 그 역할을 담당하게 된다. 그러나 어떤 형태의 폭력이든 폭력이 존재하는 사회에서 돈이 물물교환과 가치척도로서 기능하게 되면 돈은 노동의 가치를 산정하는 기존의 의미를 잃고, 대신 폭력에 의한 권리투쟁의 결과로 인식되게 될 것이다.

🍎 우리는 무엇을 해야 하는가

전쟁에서 승리한 누군가가 패배한 자의 소유물을 약탈하게 되면 더 이상 돈은 노동의 대가로 불릴 수 없게 된다. 일개 병사나 장군이 전리품을 팔아 얻은 돈은 노동에 의한 소산이 아니므로 장화를 만들어 얻은 돈과는 전혀 다른 의미를 갖는다. 또한 세계 도처에 만연된 노예제도가 존속하는 한 돈은 노동의 가치를 나타낼 수 없다. 어느 가난한 직공의 아내가 밤마다 짠 삼베와 무명을 시장에 내다 팔아서 번 돈과 노예가 밤마다 짠 삼베와 무명을 주인이 시장에 내다 팔아서 번 돈의 가치는 결코 같을 수 없다. 전자가 노동의 가치를 나타낸다면, 후자는 폭력의 잔인함을 드러내는 도구일 뿐이다. 예를 들어 타인 또는 나의 아버지가 내게 필요한 돈을 주었을 경우, 누구도 이 돈을 내게서 빼앗아 갈 수 없는 사회, 어느 누구도 이 돈을 나로부터 약탈할 생각을 갖지 않는 사회일 때만이 정부는 진정 국민과 함께 한다고 말할 수 있다. 만약 누군가 이 돈을 내게서 빼앗아갔을 때 정부가 마찬가지로 폭력을 행사해 이 돈을 다시 돌려주는 사회라면, 그리고 사회의 전체 구성원이 정부의 이 같은 폭력을 용인하는 사회라면 돈은 더 이상 제 기능을 할 수 없게 된다. 그러므로 타인의 돈을 어떤 형태로든 손에 넣기 위해 폭력이 자행되는 사회, 또는 돈의 소유권을 지키기 위해 어쩔 수 없이 타인에게 폭력을 행사하는 사회에서는 돈의 가치가 결코 노동의 가치로 대변될 수 없음을 명심해야 한다. 이런 사회에서 노동은 다만 돈의 액수에 불과하며, 때로는 폭력의 원인 내지는 결과를 나타내는 수단으로 작용될 뿐이다.

🍎 우리는 무엇을 해야 하는가

혁명은 무엇 때문에 발생하는가? 혁명은 왜 그토록 잔인한가? 이 물음에 대한 답변은 이렇다. 폭력으로 타인의 생활을 개선시킬 수 있다는 미신을 혁명가들이 권력자의 폭력에서 배웠기 때문이다.

🍎 인생의 길

돈은 교역을 방해하는 수단일 뿐이다. 결국 우리는 물건을 돈과 바꾸고, 그 돈을 또다시 필요한 물건과 바꿔야 한다.

현대사회에서 돈은 노동을 나타내는 척도이다. 이것은 우리 모두가 인정하는 진실이다. 오늘날 돈이란 노동의 또 다른 이름처럼 유통되고 있다. 그렇다면 돈은 누구의 노동인 것일까. 우리가 진보했다고 여기는 사회일수록 돈은 돈을 소유한 자의 노동이 되지 못한다. 문명이 발달한 사회일수록 돈은 대부분 타인의 노동, 그것도 타인이 과거에 행한 노동과 앞으로 해야 할 노동의 착취에 쓰이는 경우가 많다. 현대사회에서 돈은 폭력에 의해 정해진 인간의 노동을 강제로 집행하는 구실이 되었다. 오늘날 돈의 성격을 가장 정확하게, 그리고 단적으로 정의하자면 돈은 타인의 노동을 착취할 권리라고 정의할 것이다. 돈은 분명 그 이상적인 의미에서 노동을 대신하기 위해 태어났다고 할 수 있다. 하지만 사회가 발전할수록 돈의 이 같은 성격은 점차 퇴색되고 폭력의 이유로써, 그리고 성과로써 인류를 병들게 하는 원인이 되고 있다.

돈, 그것은 새로운 노예제도로 불려도 무방할 정도로 가공할 힘을 발휘하고 있다. 돈의 성격은 노예와 노예 소유자를 모두 타락시켰던 지난날의 낡은 제도와 매우 비슷하게 변질되고 있다. 오히려 어떤 면에서는 훨씬 악질적인 면모를 과시하고 있다. 왜냐하면 돈은 지난날의 제도와 달리 자신의 노예로 하여금 지금 처한 신분적 한계를 전혀 체감하지 못하게 만들기 때문이다.

🍎 우리는 무엇을 해야 하는가

돈을 많이 소비할수록 그는 자신을 위해 타인을 괴롭히고 있다는 것을 알아야 한다. 돈을 적게 소비할수록 그는 자신이 예전보다 더 많은 일을 하고 있다는 것도 알아야 한다.

🍎 우리는 무엇을 해야 하는가

정욕과 투쟁하려면 어떤 무기를 갖고 싸워야 되는가를 그대는 묻고 있다. 노동이라든가 단식과 같은 보잘것없는 수단 중 가장 확실한 것은 가난이다. 즉 주머니에 돈을 넣지 말고, 화려한 옷가지로 장식하지 않는 것이다.

🍎 인생독본

돈은 그 목적과 결과가 항상 동일하다.

무장한 자가 무장하지 않은 자에게 말한다. "나는 그대의 형제를 죽인 것처럼 그대를 죽일 수 있다. 하지만 나는 그렇게 하지 않겠다. 나는 그대를 용서한다. 먼저 그대를 죽인다고 해서 내 기분이 좋아지지 않기 때문이다. 둘째 나를 위해서도, 또 그대를 위해서도 내가 그대를 죽이는 것보다는 그대가 나를 위해 노동하는 편이 훨씬 좋기 때문이다. 내가 그대에게 명령하는 것을 모두 시행하라. 하지만 반드시 알아둬야 할 일이 있다. 만일 그대가 나의 명령을 거부한다면 나는 언제든 그대의 생명을 빼앗을 것이다."

이른바 형사범이 받는 형벌이 아무리 불합리할지라도 판결이 확정되면 그들은 일단 법률의 정당한 집행을 받게 된다. 그러나 일종의 양심범이라고 할 수 있는 정치범들은 이 같은 최소한의 '법률다운 집행'에서 항상 제외되는 불평등을 겪고 있다. 그것은 네플류도프가 슈스토바나 그밖에 새로 알게 된

많은 정치범의 경우에서 확인한 것과 같다. 이 사람들에 대한 정부의 태도는 마치 그물로 물고기를 잡을 때와 비슷하다. 그물에 걸린 물고기들은 우선 모두 물가로 올라온다. 마찬가지로 정치범이라는 죄명을 뒤집어쓴 자들은 일단 모두 체포된다. 그리고 낚시꾼은 저녁 찬거리로 쓸 만한 큰 물고기들만 골라 양동이에 담는다. 조그만 송사리나 새끼 물고기들은 모두 들판에 내던져버린다. 결국 자신들의 의사와 상관없이 그물에 걸렸다는 이유만으로 이 작은 물고기들은 들판에서 말라죽는 것이다. 마찬가지로 아무 죄도 없는 사람들이나 정부에 결코 해를 입힐 만한 능력이 없는 사람들까지 정부가 펼친 정치범의 그물에 한번 사로잡히면 짧게는 몇 년씩, 길게는 평생토록 감옥에 갇혀 있어야 한다. 그러는 동안 이들은 결핵에 걸리거나, 미치거나, 스스로 목숨을 끊어버린다. 정부는 그들의 무죄를 확인해도 결코 석방하지 않는다. 그들을 체포한 까닭이 그들은 석방될 이유가 없다는 것이었기 때문이다. 이런 말도 안 되는 이유로 감금한 후 정부는 이들의 존재를 까맣게 잊는다. 그리고 이들은 헌병, 경관, 스파이, 검사, 예심판사, 지사, 장관의 소유가 된다. 이들 관리들은 지겹도록 반복되는 일상이 무료하게 느껴질 때, 혹은 승진하고 싶을 때, 아니면 상관의 비위를 맞추고 싶을 때마다 이들 죄 없는 정치범들을 독방에 처넣거나, 사형시키거나, 시베리아 벌판으로 유형을 보내거나, 어느 귀부인의 동정 어린 부탁을 받고 석방시키는 것이다.

🍎 부활

살인은 종교적인 가르침과 모든 인간의 양심과 동일하게 기록된 하나님의 율법에 대한 위배이다. 이 원칙은 어떤 조건에 의해서도 결코 무너져서는 안 된다. 그럼에도 불구하고 오직 국가만이 공공의 복리를 위해 사형과 전쟁을 정의로운 임무라고 주장한다.

🍎 인생의 길

나는 청결한 것을 좋아한다. 그래서 하루 두 번 셔츠를 갈아입는다는 조건으로 나는 세탁부를 고용한다. 내가 맡긴 셔츠를 세탁할 때마다 세탁부는 온 힘을 기울여 셔츠를 빨고, 말리고, 다린다. 결국 그녀는 나의 셔츠를 빨다가 지쳐 죽는다.

🍎 인생독본

그리스도는 '눈에는 눈, 이에는 이를' 이라는 보복적인 율법에서 양심을 해방시켜야 한다고 가르쳤다. 그런데 오늘날 이 율법은 여전히 존재하며, 형벌이나 전쟁으로 확산되어 개인적인 보복에서 공리적인 보복으로 그 영역을 더욱 확대하고 있다. 오히려 문명이 발달하고 기독교가 전 세계로 확산될수록 원인이 모호한 전쟁이 '이에는 이' 라는 율법에 입각해 시작되고 있으며, 이렇게 한번 시작된 전쟁은 수백만 명의 죽음으로 마무리되곤 한다. 이 같은 전쟁은 대부분 왕이나 정부의 지극히 사적인 이득 내지는 명예를 위해 시작된 전쟁인 경우가 많다. 상황이 이렇다 보니 일반 민중 사이에서도 개인적인 명성과 몇 푼의 재물을 위해 자신에게 아무런 해도 끼치지 않은 양민을 고발하거나 살해하는 자들이 늘고 있다. 내가 궁금한 것은 '눈에는 눈, 이에는 이' 를 절대적인 권리인양 확신하는 일반 시민들이 왜 자신들을 전쟁터로 내몰아 수백만 명씩 죽게 만드는 왕이나 정부에겐 이 절대적인 권리를 행사하지 않는가 하는 것이다. 게다가 왕은 알렉산드르 2세, 혹은 움베르토 1세처럼 한 개인이다. 그들로 인해 빚어진 원한은 수백만 명의 죽음인데, 정작 이 율법을 통해 돌려줄 수 있는 보복은 단 한 명분의 목숨이다. 사람들은 자신과 동일한 계급에 있는 자들에겐 아주 사소한 원한이라도 반드시 보복해야 한다고 생각하지만, 정작 정부나 왕으로 인해 발생한 반인륜적인 범죄에 대해서는 그저 숙명처럼 받아들이고 있다.

🍎 죽이지 말라

타인을 참된 인간으로 만들기 위해서라면 악으로 악을 갚는 것도 필요하다고 말한다. 하지만 이런 논리는 자신을 속이기 위한 구실에 불과하다. 사람들이 악으로 악을 갚는 것은 상대방을 위해서가 아니라 오직 자신의 복수를 성취하기 위해서다. 악을 바로잡기 위해 같은 악을 자행한다는 것은 불가능한 허구이다.

🍎 인생의 길

우리가 살아가는 사회에 그나마 약간이라도 질서가 존재할 수 있는 까닭은 판사나 검사, 예심판사, 간수, 사형집행인, 군대 같은 폭력적인 정부기구 때문이 아니라 타락한 정부의 만행에도 불구하고 서로에 대한 인간적인 믿음이 아직 사라지지 않았기 때문이다.

🍎 인생의 길

권력에 대한 욕망 때문에 완전히 백치가 된 인간만이 형벌로 타인을 교화할 수 있다고 진심으로 믿는다. 한 인간의 잘못된 생활을 교화한다는 것은 그 사람의 내부에서 심적인 변화가 일어났을 때 비로소 가능하며, 자신을 굴복시키는 악에 대한 두려움으로는 생활이 변화되지 않는다. 잔혹한 형벌을 고수하는 사회일수록 잔혹한 범죄자에 시달리게 마련이다.

동물의 사회에서 악은 악으로 갚아진다. 동물은 자기 안에서 격동하는 분노를 억제할 이성이 없기 때문에 필연적으로 악을 깨닫지 못하고, 또 악으로 악을 보복하는 것이 당연하다고 믿는다. 반대로 이성을 가진 인간은 악으로 악을 갚는 것은 기존의 악을 증대시킬 뿐 문제해결에 아무런 도움도 되지 않는다는 사실을 인식하고 있다. 그러나 현대에 이르러 인간의 동물적 본성이 이성적 본능을 압도한 결과, 자신이 저지르는 악을 정당화하기 위해 악으로 악을 갚는 행위를 징벌 또는 형벌로 부르고 있다.

재산은 모든 악의 근원이다. 하지만 스스로 문명사회임을 자부하는 우리들은 부의 분배와 보호에 모든 정력을 기울이고 있다.

그렇다면 재산이란 무엇인가. 사람들은 재산이 자신의 소유물을 총칭하는 단어라고 생각하며, 재산이라는 표현에 아주 익숙해졌다. 우리는 내 집이라느니 내 땅이라는 말을 자주 사용한다. 그러나 이것은 전적으로 오류이며 가장 광범위하게 전파된 우리 시대의 미신이다. 우리의 재산은 타인의 노력을 가로챘다는 증거에 지나지 않는다. 만에 하나 이 사실을 깨닫지 못하더라도 인정할 수 있어야 한다. 타인의 노력은 나의 소유가 될 수 없으며, 재산이라는 개념과 혼동될 수도 없다.

🍎 인생독본

부자들이 아무런 노동도 하지 않는 채 담배를 피우거나, 여행을 떠나거나, 말을 타고 돌아다닐 때 대다수의 국민들은 그들을 따뜻하게 먹이기 위해 애를 쓰고 있다는 사실을 어떻게 받아들여야 하는가.

🍎 인생독본

지금도 거리에 나가면 수많은 거지들을 만나게 된다. 하지만 법률에 따르면 모스크바에서 거지는 존재할 수 없다. 왜냐하면 이것이 금지된 직종이기 때문이다. 하지만 어떤 사람은 법률을 위반했다는 이유로 구속되고, 또 어떤 자는 운 좋게 경찰의 눈을 피해 다닌다. 나는 이 점을 이해할 수 없다. 모스크바 거리 한복판에서 합법적인 거지와 위법적인 거지가 공존하고 있다는 말인가. 아니면 국가는 그들 모두를 체포할 엄두를 내지 못하는 것인가. 혹은 누군가 체포하더라도 곧 다른 자가 그를 대신해 거리로 내몰리기 때문인가.

인생독본

재물은 모든 범죄의 어머니다. 국가와 정부는 재물을 끌어모으기 위해 아프리카와 중국 또는 발칸 반도 등을 점령하려고 음모를 꾸미며 전쟁을 일으킨다. 은행가와 상인, 제조업자, 지주 등은 재산을 위해 타인과 투쟁하며 기만하고 압제한다. 법정과 경찰의 존립 이유도 재산을 보호하기 위해서다. 소위 형벌이라고 일컬어지는 국가적 공포는 모두 재산 때문에 발생했다.

인생독본

곰을 잡으려면 먼저 무거운 통나무를 밧줄에 매단 후 꿀을 발라놓는다. 곰은 꿀을 먹기 위해 향기로운 꿀이 묻은 통나무를 머리로 들이받는다. 그러면 통나무는 반동에 의해 다시 곰의 머리로 날아간다. 이에 화가 난 곰은 더욱 세게 통나무를 들이받는다. 그때마다 통나무는 더욱 세게 곰의 머리로 날아간다. 결국 곰은 통나무에 맞아 죽을 때까지 미친 듯이 통나무를 들이받는다. 악으로 악을 보복해야 한다는 인간도 어리석은 곰이 저지르는 것과 똑같은 행동을 저지르려는 것과 마찬가지다.

🍎 인생의 길

인간은 분명 이성적인 존재이다. 그러므로 인간은 복수로는 악을 물리칠 수 없음을 깨달아야 한다. 악을 물리치려면 악에 반대되는 개념, 즉 사랑을 통해서 악과 대립해야 하며, 사랑은 그 어떤 이름으로 변질되더라도 결코 복수의 속성을 지니지 않을 것이다. 하지만 우리는 이 진리를 깨닫지 못한다. 여전히 사람들은 덧없는 형사재판에 의지하고, 이것을 가리켜 사회적 사랑이라고 정의한다.

🍎 인생의 길

형벌이 유해한 이유는 벌을 받는 자의 증오심을 확산시킬 뿐 아니라 그 같은 형벌을 수행하는 자의 마음속에 폭력에 대한 의지를 심어놓기 때문이다.

형벌은 정신적으로 성장한 인간을 교화시킬 수 없는 무용한 폭력이다.

한 개인이 저지른 악행에 대한 형벌은 그가 스스로 자초할 뿐이다. 타인에 의해 강압적으로 수행될 수는 없다. 이것은 마치 물을 끓이는 원리와 비슷하다. 죄를 저지른 인간은 마음의 평정을 잃고 양심의 가책을 견뎌내지 못하는 것으로 이미 죗값을 치르고 있다. 반대로 죄를 짓고도 양심의 가책을 느끼지 못하는 인간이라면 어떤 형벌이 가해지더라도 그는 용서를 구하지 않을 것이다. 오히려 사회에 대한 증오심만이 더욱 확대될 것이다.

수십 년, 또는 수백 년 전 화형과 잔인한 고문이 존재했다
는 사실에 우리가 경악하듯이 수십 년, 또는 수백 년이 지난 후
에 우리 자손들은 우리가 재판, 형무소, 사형으로 질서를 유지
했다는 사실에 경악하는 날이 반드시 찾아올 것이다. "당시 사
람들은 자기들이 저지른 어리석음과 잔인함이 미래에 어떤 결
과를 낳게 되었는지 상상조차 할 수 없었다"라고 우리의 자손
들에게 평가받는 날이 반드시 도래할 것이다.

❀ 인생의 길

"악에 대해 선으로 보답하고, 모든 자를 용서하라." 인간
이 이렇게 할 수만 있다면 세상에서 악은 곧 사라지게 될 것이
다. 아마도 당신은 이를 실천할 만한 능력이 없다는 변명을 할
지도 모른다. 그러나 우리는 악에 대해 선을 베푸는 행위가 정
당하다는 것을 항상 인식하고 있어야만 한다. 고통의 근원인
저 악으로부터 우리가 구원받을 수 있는 유일한 방법은 오직
이것뿐이기 때문이다.

❀ 인생의 길

286

　용서는 입으로 '용서해주겠다' 고 말해서 끝나는 것이 아니다. 자신에게 무례를 저지른 상대방에게 품고 있던 원한과 적개심을 마음속에서 완전히 지워버려야 한다. 타인을 용서하고 싶다면 우선 자기 자신의 죄부터 용서받아야 한다. 자신의 죄는 잊고 상대방의 잘못만을 들춰 용서를 베풀겠다는 생각은 용서받을 수 없는 죄이다.

🍎 인생의 길

　악으로 악을 갚지 말라는 가르침이 믿어지지 않는다면 그리스도의 다른 가르침도 믿을 수 없다.

🍎 인생의 길

예술은 결코 쾌락이 아니다. 예술은 개인과 인류가 꿈꾸는 영원한 삶의 그림자이다. 예술은 인간이 도달할 수 있는 유일한 신적 가치이다. 예술은 모든 인류를 하나로 만들 수 있는 마지막 끈이다.

예술, 인류가 꿈꾸는 영원한 삶의 그림자

오늘날 예술은 요리에서 소스가 차지하는 비중과 같다. 아무리 맛있는 소스일지라도 배가 부를 수는 없으며, 오히려 위장을 상하게 할 수도 있다.

🖤 일기

모든 작품은 독자에게 유익해야 될 의무가 있다. 작품의 테마는 될 수 있는 한 고상한 것으로 선택해야 한다. 기존의 작가들이 쓰다 버린 낡은 수법은 피해야 한다. 초고를 쓴 후 처음 퇴고할 때는 쓸데없는 내용을 삭제하고, 다른 새로운 내용을 추가해서는 안 된다. 마지막으로 작품을 검토할 때 항상 내가 쓴 글이 아니라 낯선 작가의 글을 대하는 독자의 심정으로 읽어야 한다.

🖤 일기

꿈은 현실보다 좋은 면이 있다. 현실은 꿈보다 좋은 면이
있다. 완전한 행복이란 꿈과 현실의 결합이다.
🍎 일기

서민은 그들이 숙명적으로 체험할 수밖에 없는 힘든 노동
과 결핍에 의해 우리보다 훨씬 많은 것을 알고 있다. 그러므로
소설가가 서민의 비관적인 일부분만을 묘사하는 것은 결코 용
서받지 못할 일이다. 분명 서민들은 새롭게 변모되어야 하며,
또한 인간의 기본적인 도덕적 가치를 회복해야 한다. 하지만
우리 소설가들은 저 힘겨운 삶의 언덕에 지쳐 널브러진 가난한
민중들을 이해해야만 한다. 이것은 작가로서 우리들에게 주어
진 임무이다. 부디 그들의 아름다운 모습에 대해서만 이야기하
자. 우리도 투르게네프(러시아의 작가. 1818~1883)와 같은 사명감을
가져야 할 때다. 그리고로비치(러시아의 작가. 1822~1899)의 『어부』
처럼 편협한 글은 당장 쓰레기통에 처넣어야 한다. 그는 대체
이 가난하고 힘없는 계급을 왜 그토록 미워하는 것일까. 서민
들은 나쁜 점보다 좋은 점을 훨씬 많이 갖고 있다. 그리고 단점
보다 장점을 묘사하는 편이 훨씬 즐겁고 쉬운 일이다.
🍎 일기

내가 무엇보다 필요로 하는 성질은 단순함이다. 나의 문학이 조금씩 진부해지는 까닭은 안이한 작품들을 너무 많이 읽었기 때문이다. 무언가를 쓸 수밖에 없는 이 직업이 나를 궁지로 몰아넣고 있다. 많은 작품을 남길 필요는 없다. 일생에 단 한 권, 위대한 작품을 남긴다면 그것으로 충분하다.

🍎 일기

모든 음악가가 꿈꾸는 성공은 대중의 심리를 정확하게 분석했을 때 비로소 가능해진다. 하지만 이 고통스러운 노동이 항상 즐거우려면 자기 자신의 심리를 누구보다 정확히 분석할 수 있어야 한다.

🍎 일기

작가는 어느 한 작품을 구상할 때 항상 특별한 계층의 독자를 염두에 둔다. 작품을 쓰기 전에 먼저 이 글을 누가 읽을 것인지, 그리고 어떻게 반응할 것인지를 예측해야 한다. 만약 이 글을 이해할 수 있는 계층에 단 두 명의 독자만 존재할지라도 작가는 그 두 사람을 위해 끝까지 글을 써야 한다.

🍎 일기

예술은 모두 거짓입니다. 저는 더 이상 이 아름다운 거짓을 사랑할 수 없을 것 같습니다.

🍎 페트에게 보낸 편지

비평은 쓸데없는 짓이다. 왜냐하면 비평으로 가능한 것은 매도와 아첨뿐이기 때문이다.

🍎 일기

진정한 예술은 인간 내부에 존재하는 힘을 최고로 발휘할 때 비로소 가능해집니다.

🍎 알베르트

단순함은 정신적인 아름다움의 가장 중요한 요소이다. 독자가 낯선 등장인물에 공감을 느끼기 위해서는 등장인물의 결점과 똑같은 자신의 결점을 발견할 수 있도록 문학적 장치를 구성해놓아야 한다. 독자는 주인공의 미덕보다 결점에 공감한다는 점을 명심하자. 인간의 미덕은 가능성에 지나지 않지만, 결점은 모든 인간이 필연적으로 겪을 수밖에 없는 공통점이다.

🍎 일기

과학과 예술은 사회 또는 인류의 행복을 위해 인간의 두 뇌활동을 지속시켜야 하는 일종의 의무를 갖고 있다. 그러므로 우리들은 이 같은 목적에 부합되는 활동만을 과학 또는 예술로 규정해야 한다.

현대의 과학자와 예술가들은 왜 자신들의 사명을 수행하지 않는 것인가. 그들은 대체 무엇 때문에 이 위대한 사명을 수행할 수 없는 것인가. 그 이유는 과학자와 예술가들이 자신의 의무를 권리로 만들어버렸기 때문이다.

진정한 의미의 학문, 또는 예술은 권리를 인식할 때가 아니라 의무를 인식하는 경우에만 비로소 열매를 맺게 된다.

역사가는 어떤 하나의 목적을 달성하기 위해 그 인물이 어떻게 행동했는가 하는 의미에서 영웅을 만들어낸다. 예술가는 일상적인 생활에서 그 인물이 어떻게 적응했는가 하는 의미에서 한 사람의 인간을 창조한다.

정서가 풍부하고 총명한 젊은이가 문학을 꿈꾼다면 나는 그에게 이 한마디만을 당부하고 싶다. 문학적 기교란 어떻게 쓰는 데 있지 않고 무엇을 써야 하는지 깨닫는 데 있다고 말이다.
🍎 일기

보들레르를 비롯한 현대의 많은 퇴폐파 예술가들은 이렇게 말한다. 시는 선의 극한과 악의 극한을 동시에 보여줘야 하며, 이런 것들이 구비되지 않은 시는 존재할 가치가 없다. 오직 선만을 추구하는 시인의 감정은 시를 파괴시킬 뿐이다. 내 생각에 그들은 쓸데없는 고민으로 자신들을 괴롭히는 것 같다. 악은 언제나 선보다 강렬하게 인간을 유혹한다. 악은 무의식적으로 인간을 지배할 수 있으며, 인간의 양심에 스며들 능력을 부여받았다. 반대로 인간은 선을 가리켜 진보라고 말한다. 이것은 선이 현재 상황이 될 수 없으며, 다만 발전에 의해 도달할 어떤 목표쯤으로 여기는 말이다. 그러므로 시인은 우리가 아직 도달했다고 말할 수 없는 어떤 목적을 향해 인류를 이끌어가야 한다. 이 지극히 자명한 진리 앞에서 저들은 무의미한 고뇌로 자신들을 희화화하고 있다.
🍎 일기

나는 오래 전에 예술작품의 진가를 판단하는 세 가지 기준을 확립한 적이 있다. 그 첫 번째 기준은 내용을 판단하는 방법이다. 이것은 작가가 창조한 새로운 작업이 일반 대중에게 얼마나 중요한 의미를 가질 수 있으며, 또 필요한가를 확인하는 것이다. 이 같은 기준은 한 작품이 일상적인 생활의 단면을 새롭게 구성했을 때 비로소 예술로서 가치를 획득할 수 있다는 관점에서 비롯된 생각이다. 두 번째 기준은 작품의 외형적인 형식에 관한 것이다. 작가가 선택한 표현방식이 얼마나 새로운 기법이며, 또 내용과 어느 정도 일치하고 있는가를 살펴봐야 한다. 세 번째 기준은 예술가가 자신이 묘사하려는 대상에게 성실한 태도를 보였는가 하는 것이다. 다시 말해 그가 자신의 작품 속에 등장하는 대상들을 얼마나 믿고 있는지, 또 이해할 수 있는지를 확인해야 하는 것이다. 나는 무엇보다도 이 세 가지 기준 중 가장 중요한 기준은 마지막 세 번째 기준이라고 확신한다. 이것이야말로 예술이 인류를 위해 봉사하는 이유이며, 일반 대중에게 단순한 작품으로 그치는 것이 아니라 그들의 일상생활을 변화시키는 힘이라고 믿는다.

🍎 세묘노프의 '농민소설'을 위한 서문

오늘날 이 나라에서 과학과 예술로 불리는 모든 학문은 인간의 나태한 사고와 감정을 부추기는 역할이 주목적이며 실제 수혜자인 민중에게는 아무것도 이해되지 않고, 또 아무런 영향도 미치지 못하고 있다. 그 이유는 과학과 예술이 민중의 행복을 전혀 고려하지 않고 있기 때문이다.

🍎 우리는 무엇을 해야 하는가

예술에서 가장 중요한 물음은 아름다움이란 무엇인가에 대한 의문이다. 아름다움이란 우리가 서로 사랑하는 것을 뜻한다. 아름답기 때문에 귀여운 것이 아니라 귀엽기 때문에 아름다운 것이라는 속담이 있는데, 문제는 그것이 왜 귀여운가에 대한 의문이다. 그렇다면 우리는 왜 사랑하는가. 아름답기 때문에 사랑한다는 것은 공기가 맛있어서 호흡한다는 것과 같은 논리이다. 우리는 호흡할 수밖에 없는 존재이므로 공기를 맛있다고 생각한다. 마찬가지로 우리는 사랑할 수밖에 없는 존재이므로 아름다움을 발견한 것이다. 다만 차이가 있다면 어떤 인간은 정신적인 아름다움 대신 육체적인 아름다움을 사랑할 뿐이다.

🍎 일기

역사가가 관심을 갖는 것은 사건의 결과이며, 예술가가 관심을 갖는 것은 사건의 진실이다.

자기만족에 빠져 있는 사상가와 예술가는 가장 무익한 존재들이다. 타인에게 실제로 도움이 되는 정신활동과 그 표현은 인간의 가장 어려운 사명 가운데 하나이며, 복음서의 표현을 빌린다면 십자가 형벌인 셈이다. 진정한 과학자와 진정한 예술가는 두 가지 명백한 특질을 갖추고 있다. 첫 번째 특질은 일상생활의 안락과 편의를 위해서가 아닌 오직 자기 자신의 만족을 위해 진력한다는 점이다. 그리고 두 번째 특질은 그의 작품이 삶의 행복을 염원하는 모든 사람들에게 이해된다는 점이다.

예술을 올바르게 정의하기 위해서는 먼저 예술을 쾌락의 한 방편으로 이해하려는 습관을 중지하고, 인간의 생활조건 가운데 하나로 예술을 인정해야 한다. 그리고 예술도 인간 상호 간의 의사소통 수단의 하나라는 사실을 인정해야 한다.

예술이 존재하고, 그것이 목적을 가지고 있다면 그 중요한 목적이란 다름 아닌 인간의 영원에 대한 갈망과, 단순한 말로는 표현되지 않는 인생의 비밀을 밝히는 데 있다. 단언하건대 예술은 현미경이다. 예술가는 자신의 영혼에 주어진 이 비밀스런 현미경을 통해 인류에게 삶의 진실을 보여주는 것이다.
🍎 일기

작가에게 타고난 재능이란 과연 어떤 의미인가. 또 어떤 의미를 가질 수 있는 것인가. 만약 한 개인의 선천적인 능력이 거짓 이론에 의해 왜곡되지만 않는다면 그는 이 성스러운 은혜를 통해 인간이 밟아야 할 진정한 길을 걷고, 사랑할 만한 가치를 지닌 모든 생명을 사랑하고, 증오해야 할 악덕들을 과감히 떨쳐낼 수 있게 될 것이다. 이런 관점에서 살펴봤을 때 인간의 능력은 무한하다고 할 수 있다. 하지만 이런 능력과 자질 때문에 예술을 억압하고 피폐하게 만든 자들도 많았다. 그들은 자신의 재능을 너무 확신한 나머지 있는 그대로가 아닌 자기 멋대로 진실을 왜곡하는 데 일생을 허비하곤 했다.
🍎 모파상의 작품집을 위한 서문

지금처럼 아무 생각 없이 계속 써야만 될 것인지, 아니면 쓰는 것을 그만 중단해야 될 것인지 고민하고 있습니다. 요즘 나의 머릿속은 온통 이런 생각으로 가득 차 있습니다.

나의 글들이 정녕 인류의 행복과 발전에 얼마나 큰 도움을 끼쳤는지 나는 잘 모릅니다. 하지만 나는 글을 쓰는 이유가 인류의 행복을 위해 희생하기 위함일 뿐 자신의 이름을 드러내거나 칭찬을 받거나 인세를 받기 위해서가 아님을 잘 알고 있습니다. 어떤 경우에도 나 자신을 위해 글을 써서는 안 됩니다. 그리고 지금 내가 이 확고한 신념 앞에서 약간의 부끄러움이라도 느끼고 있다면 지금 당장 쓰는 행위를 중단해야 합니다.

🍎 베소노프에게 보낸 편지

지난날 예술은 인간을 타락시킬 수 있다는 몇몇 어리석은 위정자들에 의해 전면적으로 금지된 적이 있었다. 그런데 우리 스스로 문명사회라 자부하는 현대에 들어서는 예술이 인간을 타락시킬 수 있다는 몇몇 어리석은 위정자들의 견해에 따라 모든 저질적이고 패역한 예술들이 보호받고 있다.

🍎 예술이란 무엇인가

사상가와 예술가가 되기 위해 특별한 교육을 받는다는 것은 도무지 이해할 수 없는 발상이다. 사상가와 예술가를 양성하기 위해 설립된 학교에서는 매년 과학과 예술의 파괴자가 수백 명씩 양산되고 있다. 가슴속을 뜨겁게 달구는 이 불가항력적인 고통을 토해낼 수 있을 때 한 인간은 사상가 내지는 예술가로 불릴 수 있다. 한 장의 졸업증명서가 한 인간을 예술가로 만들 수 있다는 발상에 나는 참을 수 없는 분노를 느낀다. 이것은 사회의 그 어떤 해악보다도 위험한 생각이다.

🍎 우리는 무엇을 해야 하는가

예술은 타인의 감정을 귀 또는 눈으로 감지하는 데서 시작되며, 예술가가 새롭게 표현한 그 같은 감정이 다른 사람들의 공감을 이끌어낼 때 마침내 작품으로 불리게 된다.

🍎 예술이란 무엇인가

예술은 자신이 체험한 감정을 타인에게 전달할 목적으로 자기 내부에서 그 감정을 새롭게 정의하고 이해한 후 보편적인 언어로 그것을 표현하는 활동이다.

🍎 예술이란 무엇인가

　예술의 가치에 대한 평가, 바꿔 말한다면 예술이 전달하는 감정에 대한 평가는 예술가가 인생의 의미를 어떻게 이해했는가에 따라 결정된다. 즉 그가 무엇을 선으로 여기고, 무엇을 악으로 이해하는가에 의해 그가 창조하는 예술의 가치가 결정되는 것이다.

🌱 예술이란 무엇인가

　선은 우리들 생활이 도달해야 할 최고의 목표이다. 선에 대한 우리의 해석이 어떻게 달라질지라도 결국 우리들의 영원한 미덕과 신을 향한 갈망은 달라지지 않을 것이다.

　선은 의식의 본질을 형이상학적으로 구성하는 기본 개념이며 이성으로 새롭게 규정될 수 없는 개념이다.

　선은 어떤 한 사람에 의해 정의될 수 없으며 다른 개념들로부터 도출될 수도 없다.

🌱 예술이란 무엇인가

　현대의 예술가들은 인류를 위해 봉사하는 대신 그들을 착취하는 데 혈안이 되어 있다.

🌱 일기

　예술은 형이상학자가 정의하는 것처럼 신화적인 이념과 아름다움, 그리고 신과 인간의 갈등에서 시작된 정신활동이 아니다. 또 생리학적 미학자가 정의하는 것처럼 인류의 축적된 에너지를 토해내려는 인간의 욕망도 아니다. 또 사회학자가 정의하는 것처럼 외면적인 부호를 통해 상호간에 정서적 교류를 나누는 의사소통의 과정도 아니다. 또 정치학자들이 정의하는 것처럼 사회적 쾌락을 위한 생산도 아니다. 예술은 결코 쾌락이 아니다. 예술은 개인과 인류가 꿈꾸는 영원한 삶의 그림자이다. 예술은 인간이 도달할 수 있는 유일한 신적 가치이다. 예술은 모든 인류를 하나로 만들 수 있는 마지막 끈이다.

　♥ 예술이란 무엇인가

　최고의 예술은 종교이다. 왜냐하면 모든 종교는 가장 진보된 세계관을 갖고 있기 때문이다.

　♥ 일기

　예술은 선과 악을 규명하는 수단이며, 아름다운 것을 인식하기 위한 하나의 수단이다.

　♥ 일기

상류계급의 여가시간을 채우고자 오락으로 전락한 예술
은 매춘과 비슷한 것이 아니라 바로 매춘이다.

🍎 일기

음식을 먹는 목적과 사명이 오직 쾌락 외에는 존재할 수
없다고 생각하는 사람에겐 식사의 진정한 의의가 이해될 수 없
다. 마찬가지로 예술의 목적은 쾌락이라고 생각하는 사람들에
겐 예술의 의의와 사명이 이해되지 않는다. 왜냐하면 이들은
생활의 다른 부분에 대해서도 그 가치와 목적은 오직 기쁨에
있으며, 인간이 존재하는 이유도 인생의 쾌락을 즐기기 위해서
라는 그릇된 망상에 사로잡혀 있기 때문이다. 식사의 목적이
생명의 유지와 신체가 원하는 균형적인 영양 공급에 있다는 사
실을 사람들이 이해하지 못하는 까닭은 찰나적인 먹는 즐거움
만을 감각하기 때문이다. 마찬가지 이유에서 예술의 목적이 진
리의 발견과 영원한 생명을 향한 깨달음의 과정이라는 사실을
사람들이 이해하지 못하는 까닭은 아름답게 표현된 예술의 형
식에 만족하기 때문이다.

🍎 예술이란 무엇인가

우리는 우리들 자신의 감정이 매우 고귀하며 다양할 것이라고 생각한다. 그러나 실은 우리 인간의 감정은 궁극적으로 다음과 같은 세 가지 감정으로 나눌 수 있다. 첫째는 오만이며, 둘째는 성욕이며, 셋째는 권태이다. 즉 이 세 가지 감정과 이들 감정에서 파생된 행동이 우리 시대의 예술을 대변하고 있다.

예술이란 무엇인가

현대의 예술은 대다수의 노동자들이 쉽게 접근할 수 없을 만큼 비싼 돈이 걸려 있다. 마치 손이 닿지 않는 높은 산봉우리에 핀 꽃처럼 말이다. 게다가 이 같은 예술을 창조하는 대부분의 예술가들이 노동과는 거리가 먼 생활을 영위하고 있다는 점에서 그들이 창조하는 예술은 어떤 한계에 다다랐다고 판단된다. 상류계급을 위한 예술은 노동자에겐 필요치 않으며, 그들을 감동시킬 수 없다는 것은 자명한 이치다. 예를 들어 명예나 애국심, 사랑 같은 인간 본연의 감정도 이들 예술가들이 표현하면 노동자들은 의혹, 경멸 또는 분노와 같은 감정으로 받아들이는 것이다.

예술이란 무엇인가

새로운 사상을 주장하고 싶다면 먼저 그것이 새로운 고찰과 새로운 혁신을 통해 발견된 사상임을 증명해야 한다. 그리고 이미 알려진 사상의 반복이 아니라는 점을 확인시킬 수 있어야 한다. 예술작품의 경우도 이와 마찬가지인데, 자신만의 새로운 예술세계를 인정받고 싶다면 먼저 자신의 작품이 인간의 일상생활에서 발견된 새로운 감정임을 증명해야 한다.

예술이란 무엇인가

상류사회의 예술은 보편적인 진리에서 분리된 결과 소재가 빈약하고 형식이 지나치게 강조되어 더욱 이해하기 어려울 뿐 아니라 전혀 예술적이지 못한 거짓된 모방에 그 위치를 빼앗겼다.

이는 다음과 같은 원인에 의해 가중되었다. 보편적인 예술은 어떤 특정한 정서를 경험한 예술가가 이 정서를 타인에게도 전달해야 될 필요성을 느꼈을 때 그 가치를 확인하게 된다. 이에 반해 상류사회의 예술은 예술가의 내적 충동 대신 주로 그들 계층이 요구하는 오락을 위해 구성되고, 이에 대한 충분한 보수를 받음으로써 타락하게 되는 것이다.

인생독본

종교적 의식에서 발생하는 감정은 매우 다양하며, 또한 항상 신선한 감각으로 인간을 일깨운다. 종교적 의식은 인간이 세계를 새롭게 설정하는 하나의 관계로 작용하기 때문이다. 반대로 신앙이 없는 쾌락의 욕구는 항상 일정하며, 늘 진부한 감각으로 인간을 잠재운다. 그러므로 오늘날 유럽의 상류계급이 극히 빈약한 예술에 열광하는 까닭은 신앙이 없기 때문이다.

🍎 예술이란 무엇인가

오늘날 예술이 안고 있는 사명은 인간 상호간의 결합을 통해 행복에 도달한다는 진리를 인류에게 설득시키는 일이다.

🍎 예술이란 무엇인가

세익스피어의 희곡을 읽다 보면 그가 성격묘사의 가장 중요한 부분을 간과하고 있다는 느낌을 받게 된다. 비록 자신이 쓴 작품의 등장인물일지라도 대사나 행동은 작가의 의도가 아닌 각 인물의 성격에 맞게 따라야 된다. 하지만 세익스피어의 작품에 등장하는 인물들은 하나같이 그들의 언어가 아닌 세익스피어식의 부자연스럽고 연극적인 대사만을 읊조리고 있다.

🍎 인생독본

옛날에 시는 라틴어로 썼고, 사람들은 이해할 수 없었다. 현대의 시는 산스크리트어로 쓰여지고, 사람들은 이해하지 못한다.

진실이란 사물의 표현과 본질의 합치이다. 그러므로 선을 달성하기 위한 수단 중 하나이다. 그러나 진실은 선도 아니고 미도 아니며, 하물며 그것들과 일치되는 것도 아니다.

만약 우리가 현재 진보하고 있다면 이 필연적인 운동의 방향을 제시하는 지표도 반드시 존재할 것이다. 그리고 지금까지는 종교가 그 같은 지표의 역할을 자임해왔다. 인류의 진보는 종교의 인도로 이루어졌다는 것은 역사가 우리에게 가르치는 진실이다. 그것이 기독교였든 혹은 광기였든 자본이었든 전쟁이었든 간에 인간은 항상 무언가를 종교로 채택했고, 그에 대한 믿음을 원동력으로 발전해왔다.

참된 예술작품은 예술가에게 많은 조건을 요구한다. 먼저 예술가가 그 시대를 총괄하는 세계관을 지니고 있어야 한다. 그리고 타인의 감정을 체험하고 그것을 전달하려는 욕구와 능력을 구비해야 한다. 마지막으로 이 같은 조건이 한 인간에게 집중될 수 없다는 점을 명심하고 있어야 한다.

🍎 예술이란 무엇인가

비평가들의 가장 큰 해독은 그들이 더 이상 감동할 수 없음에도 불구하고 여전히 작품의 가치를 정의한다는 데 있다.

🍎 예술이란 무엇인가

10월 12일, 오늘도 늦게 일어났다. 소피야 안드레예브나와의 괴로운 대화. 나는 또 침묵을 지켰다. 사회주의에 대한 논문을 약간 수정했다. 식사 후 도스토예프스키를 읽었다. 너무나도 재미없는 줄거리가 길게 늘어져 있었지만 문장은 그런 대로 괜찮은 것 같다. 하지만 대화가 너무 부자연스럽게 이어졌다. 저녁에 또다시 소피야 안드레예브나와 고통스런 대화를 나누었다. 나는 또 침묵을 지켰다. 잠이나 자야겠다.

🍎 최후의 일기

사람들은 조잡한 예술작품에 대해서는 이해하기 쉽기 때문에 훌륭하다고 말하고, 진정 위대한 작품에 대해서는 난해하다는 이유로 배척한다. 하지만 우리가 먼저 생각해볼 문제가 있다. 훌륭하긴 한데 이해하기 어렵다는 뜻은 매우 맛있는 요리이긴 한데 일반 사람들의 입맛에는 맞지 않는다는 말과 같다. 비록 식도락가들이 썩은 치즈를 최고의 음식으로 인정할지라도 일반 서민들은 도저히 먹을 수 없다. 반면에 흔한 빵과 과일은 식도락가의 입맛에는 너무 평이하지만 일반인들에겐 귀중한 저녁식사가 될 수 있다. 나는 예술에 대한 이해도 이와 비슷하다고 생각한다. 진정 위대한 예술은 몇몇 비평가의 손으로 결정되는 것이 아니라 절대다수의 대중에게 영향을 미쳤을 때 비로소 인정받게 될 것이다.

🍎 예술이란 무엇인가

예술은 인류의 정신문명을 향상시키는 두 가지 원동력 중 하나다. 인간은 언어를 통해 사상의 교류를 이루고, 예술의 형상을 통해 현재, 과거, 미래와 감정적인 교감을 나눈다.

🍎 예술이란 무엇인가

예술의 빈곤화는 종교적이고 민중적인 가치들을 예술가들이 더 이상 추종하지 않는 데서 예견된 일이었다. 특히 상류계급의 저속함과 난잡함에 예술가들이 집착하게 되면서 이 같은 빈곤화가 더욱 심화되었다. 그 결과 오늘날 예술이 전달할 수 있는 감정의 폭도 상당히 줄어들었다. 권력과 부를 누리는 자들은 생활의 미묘한 감정을 체험할 수 없다. 이들 상류계급의 감정은 삶의 진실과 날마다 대면하는 노동대중의 감정과 비교했을 때 훨씬 적고 빈약하며 형편없는 수준이다. 따라서 예술가가 노동대중을 버리고 상류계급의 노리개가 되었을 때 그 시대의 예술은 빈약하고 질이 저하될 수밖에 없는 것이다.

🍎 예술이란 무엇인가

인류의 생활은 종교적 의식(인간을 상호간에 결합시키는 유일한 토대)이 어디에서 출발했는가를 해명할 때 비로소 완성될 것이다. 이 같은 종교적 의식의 증명은 인간의 모든 정신활동에서 이루어진다. 그리고 우리는 정신활동을 예술이라고 부르는 것이다. 그중에서도 가장 파급효과가 큰 예술은 아마도 무대 위의 삶, 즉 연극이라고 생각한다.

🍎 셰익스피어와 희곡에 대하여

세니에(프랑스의 시인. 1762~1794), 뮈세(프랑스의 시인 · 소설가 · 극작가. 1810~1857), 라마르틴(프랑스의 시인 · 정치가. 1790~1869), 위고(프랑스의 시인 · 극작가 · 소설가. 1802~1885)와 같은 위대한 시인들로부터 이른바 고답파(19세기 후반에 나타난 프랑스 시단의 일파)의 르콩트 드릴(프랑스의 시인. 1818~1894), 프뤼돔(프랑스의 시인. 1839~1907) 같은 명석한 시인들을 낳은 프랑스가 매우 졸렬한 형식과 저급하고 경박한 시를 즐겨 쓰는 이들 두 시인(보들레르와 베를렌)을 왜 그렇게까지 과장되게 추켜세우는 것일까. 그중 한 사람인 보들레르(프랑스의 상징파 시인. 1821~1867)의 세계관은 이기주의라는 이론으로 무장된, 마치 구름처럼 감각될 수 없는 아름다움—그것도 반드시 인공적인 아름다움이어야 한다—을 도덕성과 혼동하고 있다. 그는 어린 소녀의 화장기 없는 얼굴보다 요란하게 장식된 매춘부의 얼굴을 더욱 사랑하며, 자연이 허락한 섭리보다 인간이 억지로 만들어낸 환락들을 더욱 귀중하게 여기고 있다.

보들레르의 이 같은 비뚤어진 세계관보다 더욱 위험한 것은 베를렌(프랑스의 상징파 시인. 1844~1896)이 보여주는 세계관이다. 그는 타락한 방종과 자신의 정신적인 무기력으로부터 도피하고자 야비한 가톨릭적 우상숭배를 내세우고 있다. 더구나 이들 두 사람은 인류의 고유한 개성인 소박함, 성실함, 단순함을 완전히 상실했을 뿐 아니라 두 사람 모두 고의적으로 자기도취에 함몰되고 있다. 그 때문에 이들 두 시인의 가장 대표적인 작품을 읽다 보면 나의 관심은 어느새 그들이 묘사하는 대상에게서 멀어지고, 보들레르와 베를렌이라는 그로테스크한 두 시인에게 집중된다. 이 형편없는 두 시인들은 현재 수많은 추종자와 함께 프랑스 문학을 오염시키는 데 앞장서고 있다.

이 같은 현상을 설명할 수 있는 원인은 하나밖에 없다. 이들 시인이 활동하던 시대에 프랑스는 예술의 가장 엄숙하고 중요한 목표 대신 단순한 유희를 선택했던 것이다. 그런데 유희는 결국 아무리 새로울지라도 시간이 지나면 지루해지게 마련이다. 유희의 쾌락을 유지시키려면 또다시 새로운 유희를 생각해낼 수밖에 없다. 예술의 내용은 점점 빈약해지고, 사람들은 예술이 더 이상 인생을 설명하지 못한다고 말한다. 이때 보들레르나 베를렌 같은 배타적인 예술가들은 이 한계를 극복해내고자 전혀 새로운 예술 형식, 즉 거부감을 일으키고 구역질이 나며 시궁창 냄새를 풍기는 신세계를 개척하게 된 것이다.

보들레르와 베를렌은 분명 새로운 시풍을 창조해냈고 그 형식을 오늘날까지 지속시키는 데 성공했다. 많은 예술가들이 이제 더 이상 예술은 진보할 수 없다고 말했을 때 그들은 대안

으로 퇴보를 선택했고, 비평가와 독자들은 이들의 퇴폐적인 행
보를 발전으로 인정해주었다.

이 자기모순적인 합리화가 보들레르와 베를렌뿐 아니라 퇴
폐파가 세상의 호응을 누릴 수 있었던 이유였다.

진정한 예술과 거짓된 예술을 구별하는 가장 확실한 방법
이 있다. 그것은 한 작품이 사회적인 감염력을 지니고 있는가
의 여부를 판단하면 된다. 만일 어떤 사람이 자신은 단 한 번도
그런 생각을 가져본 적도 없고 자신의 입장을 바꿀 의사도 전
혀 없었지만 작품을 통해, 즉 작품에 나타나는 작가의 생각에
감화되어 자신도 미처 의식하지 못했던 내면의 소리를 듣게 되
었고, 또 그 작품을 읽은 다른 독자들과 함께 변화된 삶을 살아
간다면 그가 읽은 작품은 진정 위대한 예술로 영원히 기억될
것이다. 반대로 시적인 감동과 흥미로운 내용으로 독자의 정신
세계를 사로잡을지라도 그 영향력이 다른 독자와 더불어 삶의
외면적인 변화로 거듭날 수 없다면 그것은 다만 겉보기에 그럴
듯한 거짓된 예술이다.

어떤 예술이 대중에게 이해되지 않았을 때 비평가들은 그 예술이 너무 뛰어나기에 일반인들은 도저히 이해할 수 없었다고 말한다. 하지만 나는 이 같은 의견에 동조할 수 없다. 오히려 대중에게 이해되지 않은 예술은 극히 형편없거나 전혀 예술적이지 않았다고 말해야 한다.

예술이란 무엇인가

진정한 아름다움은 언어의 구애를 받지 않는다. 만약 우리가 이해할 수 있는 것들만 이야기한다면 그것은 단지 조잡한 쾌락에 지나지 않을 것이다.

아름다움의 개념은 선과 합치되지 않을 뿐더러 오히려 많은 경우 선과 대립된다. 왜냐하면 선은 개인적 기호의 극복을 목적으로 하고 있지만, 아름다움은 우리의 개인적 기호의 기초로 작용하기 때문이다.

예술이란 무엇인가

예술은 인간생활의 정신적 기관이다. 이를 없애버리겠다는 것은 폐 없이도 숨을 쉴 수 있다는 논리와 같다.

예술이란 무엇인가

예술이 만약 예술 애호가들의 주장처럼 인간의 삶에 절대적인 의미를 갖고 있다면, 또 종교처럼 모든 인류에게 정신적인 행복을 전해줄 수 있다면 예술은 반드시 모든 인간이 누려야 할 절대적인 관념으로 인정되어야만 한다. 그런데 만약 이런 예술이 민중에게 인정받지 못하고 있다면 그것은 예술이 애호가들의 주장과 달리 별로 중요하지 않거나, 오늘날 우리가 예술이라고 정의 내린 활동이 예술이 아니었다는 것 중 하나이다.

🍎 예술이란 무엇인가

예술은 언어와 마찬가지로 인간의 의사소통 수단 가운데 하나이다. 그러므로 그것은 인류의 진보를 나타내는 표현의 하나이다. 언어를 통해 우리는 지난 세대의 가르침과 경험, 그리고 동시대의 선구적인 인물들의 체험과 사색을 공유할 수 있다. 인간은 언어를 통해 동물과 구별되며, 역사의 시작과 더불어 지식을 축적해왔다. 그리고 예술을 통해 선조들이 체험한 감각을 공유하며, 현대에 등장한 뛰어난 예술가들의 사상적 깊이를 함께 나눈다. 인류의 진보는 이처럼 언어를 통한 지식의 교류와 예술을 통한 감정의 교류가 공존할 때 비로소 가능해진다. 이중에서도 중요한 것은 예술을 통한 감정의 교류이다. 왜냐하면 지식의 교류는 어느 특정 계급에 의해 독점될 소지가 있지만, 예술을 통한 감정의 교류는 한 사회를 구성하는 모든 인간이 함께 동참해야만 실현될 수 있기 때문이다. 이것이 예술의 사명이다.

6월 30일, 야스나야에는 29일 도착했다. 다행히 도중에 아무 일도 없었다. 타냐와 기분 좋게 헤어지는 인사를 나눴다. 대체로 표정이 밝았다. 소피야 안드레예브나도 기분이 약간 누그러진 것 같다. 하지만 아무래도 몸이 좋지 않다. 가끔 두통이 심하게 일어난다. 아침에 『폭력의 법칙과 사랑의 법칙』의 프랑스어 번역본과 마음에 드는 편지 몇 통을 받았다. 나도 모르게 기분이 좋아졌다. 한번 쓴 것을 되풀이 쓰지 않기 위해서라도 꼼꼼히 챙겨 읽는 습관을 들여야 한다. 특히 『광기에 대하여』는 같은 말이 반복되지 않도록 주의해야 한다! 나는 이 『광기에 대하여』에 많은 기대를 걸고 있지만, 가끔은 사람들의 악의적인 비난에 시달릴 수도 있다는 생각을 한다.

『폭력의 법칙과 사랑의 법칙』 외에도 파라크라는 프랑스인이 쓴 『미래의 정치』라는 팸플릿을 받았다. 나는 이 팸플릿을 무척 재미있게 읽었다. 이 학자는 분명 최근의 철학사상과 동일한 수준을 유지하고 있는데, 다만 아쉬운 것은 그의 여러 가지 사상이 놀랄 만큼 불명료하며 부정확하다는 점이었다. 인류의 생활에는 세 가지 중요한 작용이 존재한다는 그의 주장이 어쩐지 진부하게 들린다. 이런 책을 읽으면 읽을수록 『광기에 대하여』를 하루빨리 완성시켜야 될 필요성을 느낀다.

🍎 최후의 일기

예술은 사람들을 결집시키는 특징이 있다. 모든 예술은 근본적으로 예술가의 감정과 그가 만든 예술을 향유하는 집단 간에 정신적인 결합을 도모하려는 성질이 있다.

🍎 예술이란 무엇인가

진정한 예술은 어머니가 태아를 잉태하듯 예술가의 과거 경험으로부터 시작된다. 반면에 거짓된 예술은 수요자의 요구에 의해 언제든 발생한다.

진정한 예술은 남편을 존경하는 정숙한 아내처럼 구태여 치장에 신경 쓸 필요가 없다. 하지만 거짓된 예술은 길거리의 매춘부처럼 항상 짙은 화장과 남성의 시선을 끌어들이는 옷차

림을 준비하고 있어야 한다.

진정한 예술은 임신의 계기가 사랑이듯 예술가의 축적된 감정을 나타내려는 내적 욕구에서 시작된다. 거짓된 예술은 매춘의 시작이 욕망에서 비롯된 것처럼 물질적인 욕심에서 잉태된다.

진정한 예술의 성과는 태아의 탄생처럼 반복되는 일상을 변화시키는 새로운 사상이며, 거짓된 예술의 성과는 매춘이 구매자와 공급자 모두를 타락시키는 것처럼 인간의 정신을 분산시킨다.

미래에 등장할 예술가는 노동에 의해 생계를 수립하고, 보통 사람과 동일한 생활을 영위하게 될 것이다. 그는 자기 내부를 가득 채우고 있는 정신적 결실을 많은 사람들에게 나눠줌으로써 그 보답을 대신하게 될 것이다. 그는 자신의 내부에서 일어난 변화를 사람들에게 전달하는 것만으로도 충분한 기쁨을 누릴 것이다. 예술가의 가장 큰 소망은 자신의 작품이 되도록 많은 사람들에게 읽히는 것일 뿐, 몇 푼 안 되는 돈을 위해 양심을 파는 행위를 다음 세대의 예술가들은 도저히 이해할 수 없을 것이다.

신약성서의 그리스도를 제외하고 내게 가장 많은 영향을 끼친 인물은 루소이다.

예술은 쾌락도 아니고 위로도 아니며 놀이도 아니다. 예술은 인간의 힘으로 이룩할 수 있는 위대한 사업이다. 예술은 인간의 이성적 의식을 감정으로 확대시키는 인류의 정신적 기능이다. 현대의 일반적이고 종교적인 의식은 인류가 모두 한 형제이며, 인간의 행복은 상호간의 결합에 의해 이룩될 수 있다고 설파한다. 과학은 이같이 일반적이며 종교적인 인류의 의식을 생활에 적용할 수 있게끔 여러 가지 방법을 제시할 의무가 있다. 그리고 예술은 과학이 이룩한 방법을 감정으로 확대시켜야 한다. 그러므로 예술의 임무가 가장 크다고 할 수 있다.

과학과 종교의 도움으로 조금씩 인류 전반으로 확산되고 있는 예술적 감성은 외적인 수단—재판소, 경찰, 자선시설, 노동감독국 등—에 의존하며 간신히 그 명맥을 유지하고 있는 인간의 평화로운 공동체를 자발적 활동으로 이끌어야 할 책임이 있다.

　예술적인 시적 작품, 특히 희곡은 무엇보다 먼저 독자와 관객에게 등장인물의 체험과 동일한 경험이 현재 자신에게서도 일어나고 있다는 느낌을 전달하는 데 그 목적을 두고 있다. 그러기 위해서는 극작가가 자신이 창조한 등장인물들의 대사와 행동이 독자와 관객의 문학적 착각을 깨뜨리지 않도록 늘 주의해야 한다.

❦ 셰익스피어와 희곡에 대하여

　나의 친구 중 한 명은 비평가와 예술가의 관계를 말하면서 농담처럼 이렇게 얘기했다.

　"비평가란 지혜를 말하는 바보다."

　이 정의는 비록 편파적이고 부정확할지 모르지만 나름대로 진리를 내포하고 있다. 내 생각엔 비평가를 예술을 설명할 수 있는 특권을 가진 존재로 해석하는 것보다는 훨씬 정당한 것 같다.

❦ 인생독본

　사랑 없이 신은 존재할 수 없습니다.

❦ 페트에게 보낸 편지

쉽게 이해되는 작품일수록 뛰어난 예술이다. 예술은 단순하고 간결하며 누구나 공감할 수 있는 감정을 보편적으로 표현했을 때 가장 쉽게 이해된다. 논리적 영역에서도 단순하고 명쾌하며 간결한 사상일수록 인류의 영원한 가치를 담고 있는 경우가 많다. 마찬가지로 간결하고 명료한 표현은 예술이 도달할 수 있는 최고의 형식이며, 이것은 작가의 타고난 재능과 후천적인 노력에 의해서만 달성된다.

🍎 예술이란 무엇인가

나는 소설가나 화가가 한 개인의 고통을 진심으로 동정해주지는 못할망정 그것을 형상화하려고 시도하는 것을 볼 때마다 같은 소설가로서 양심의 가책을 느끼게 된다. 하지만 한 개인의 고통을 통해 인류 전체가 구원과 심판의 역사를 이해할 수 있는 좋은 계기가 된다면 나는 나의 치부가 담긴 개인적인 고통을 언제든지 형상화할 수 있다.

🍎 일기

단순함은 진실의 불가피한 조건이자 특징이다.

🍎 일기

과학과 예술은 폐와 심장처럼 상호간에 긴밀히 연결되어 있다. 그렇기 때문에 하나의 기관이 고장 나면 또 하나의 기관도 정상적인 활동을 할 수 없게 된다.

과학은 진리—어떤 시대의 사회에서 가장 중요하다고 여겨지는 지식—를 연구하고, 사람들의 의식으로 전달된다. 예술은 이 같은 진리를 지식의 영역에서 감정의 영역으로 확대시키는 역할을 한다. 그러므로 과학의 길이 어긋나면 예술의 길도 동일하게 어긋날 가능성이 높다.

🍎 예술이란 무엇인가

퇴폐주의는 결국 퇴보냐 진보냐의 문제인데, 간단히 대답하자면 저는 퇴보에 가깝다고 생각합니다. 예술의 퇴보는 문명의 퇴보와 동일한 의미이므로 우리는 더욱 슬퍼해야 할 것입니다. 이 같은 문명의 퇴보는 신앙의 결여, 즉 종교의 결여에서 발생합니다. 그리고 지금 우리가 현재 살고 있는 상황이 바로 종교가 결여된 생활입니다. 퇴폐주의가 문명의 퇴보일 수밖에 없는 이유는 예술의 목적이 동일한 감정을 공유하는 인간 상호간의 결합이기 때문입니다. 퇴폐주의는 이 같은 예술의 기본적인 조건이 결여되어 있는 것입니다. 퇴폐주의자들이 발표하는

시와 소설은 그들과 동일한 이상을 가진 사람들을 위한 결과물
일 뿐입니다. 하지만 예술은 특정한 계층이 아닌 모든 사람들
을 위한 정서적인 활동입니다.

🍎 로스크토프에게 보낸 편지

　　현대의 작가들은 기묘한 소재로 독자를 혼동시키고 싶어
하는 모양입니다. 이 같은 혼동은 어쩔 수 없이 복잡하고 불명
료해지게 마련인데, 이것은 분명 예술의 근본적인 발단과 일치
될 수 없는 조건입니다. 저는 단순함이야말로 예술의 필연적인
아름다움이라고 생각합니다.

🍎 안드레예프에게 보낸 편지

톨스토이 연보
Lev Nikolaevich Tolstoi

1828년 　8월 28일, 야스나야 폴랴나에서 니콜라이 일리이치 톨스토이 백
작과 마리야 니콜라예브나 사이의 4남으로 태어남.

1830년(2세) 　어머니 마리야가 출산 중 세상을 떠남.

1836년(8세) 　모스크바로 이사함.

1837년(9세) 　아버지 니콜라이 일리이치가 뇌일혈로 죽음.

1841년(13세) 　세 형과 누이동생과 함께 카잔에 있는 작은고모 집으로 옮김.

1844년(16세) 　카잔 대학교 동양어학과에 입학, 아랍어와 터키어 전공. 학교생활
에 적응하지 못하고 사교계의 향락적인 생활에 빠져듦.

1845년(17세) 　동양어학과에서 법학과로 옮김. 이 시기를 전후하여 루소의 저술에
경도됨.

1847년(19세) 　4월 17일부터 일기를 쓰기 시작함. 대학을 중퇴하고 고향 야스나
야 폴랴나로 돌아와 농사에 종사하며 농민 생활을 개선하는 데 힘
썼으나 성과를 거두지 못함.

1848년(20세) 　모스크바로 가서 방탕한 생활을 함.

1849년(21세) 　다시 고향으로 돌아가 농사에 종사하며 농민 자녀를 위한 학교를
세움.

1851년(23세) 　4월, 맏형을 따라 카프카스로 떠남. 카프카스 포병여단의 사관후
보생 시험에 합격함. 처녀작인 「유년시절」을 쓰기 시작함.

1852년(24세) 　3월, 단편 「습격」을 쓰기 시작함. 7월, 「유년시절」 완성하여 9월부

터 페테르부르크의 《현대인》에 익명으로 발표함. 12월, 단편 「습격」 탈고함.

1853년(25세) 3월, 《현대인》에 「습격」 발표함. 5월, 「소년시절」 쓰기 시작함. 9월, 「당구 점수 기록원의 수기」를 씀. 10월, 크림 전쟁이 일어남.

1854년(26세) 「소년시절」을 간행함.

1855년(27세) 1월, 「당구 점수 기록원의 수기」 발표함. 3월, 「청년시절」을 쓰기 시작함. 6월, 「1854년 12월의 세바스토폴」, 9월, 「산림벌채」 발표함.

1856년(28세) 「1855년 8월의 세바스토폴」, 「눈보라」, 「지주의 아침」, 「두 경기병」 등을 발표함. 11월, 제대하고 야스나야 폴랴나로 돌아옴.

1857년(29세) 1월, 첫 유럽 여행을 떠남. 7월, 야스나야 폴랴나에 돌아와 농사에 힘씀. 「루체른」, 「청년시절」을 발표함.

1858년(30세) 모스크바 음악협회 설립함. 「알베르트」를 발표함.

1859년(31세) 2월, 모스크바 러시아문학 애호가협회 회원이 됨. 농민의 아이들을 위한 야학을 시작함. 단편 「세 죽음」, 「결혼의 행복」 발표함.

1860년(32세) 3월, 교육 분야의 첫 활동으로 「아동 교육에 관한 메모와 자료」 기초함. 7월, 두 번째 유럽 여행에 오름. 9월 20일, 맏형 니콜라이가 죽음.

1861년(32세) 1~2월, 파리에서 투르게네프와 만남. 런던에서 게르첸과 사귐. 3~5월, 단편 「폴리쿠쉬카」 창작함. 4월에 페테르부르크로 돌아옴. 크라비벤스키이군 제4구 농사중재재판소원에 임명됨. 야스나야 폴랴나 농민학교를 세움. 교육잡지 《야스나야 폴랴나》 발행. 투르게네프와 절교함.

1862년(34세) 「국민교육에 대하여」, 「읽기와 쓰기를 어떻게 가르칠 것인가」, 「훈육과 교육」, 「누가 누구에게서 쓰기를 배워야 할 것인가」 등의 여러 논문들을 잇달아 발표함. 5월, 농사중재재판소원직을 사퇴하고 요양 차 사마라 현으로 감. 9월, 모스크바의 의사 베르스의 둘째딸 소피야 안드레예브나와 결혼하여 고향으로 돌아옴.

1863년(35세) 6월, 맏아들 세르게이가 태어남. 「진보와 교육의 정의」, 「카자흐 사람들」, 「폴리쿠쉬카」 발표함.

1864년(36세) 9월, 장편 「전쟁과 평화」 집필을 시작함. 「톨스토이 저작집」 제1, 2권 발간됨. 장녀 타티야나 태어남.

1865년(37세) 「전쟁과 평화」의 첫 부분을 《러시아 통보》에 발표함. 이해 11월 1일 이후 13년 동안 일기 쓰기를 중단함.

1866년(38세) 「전쟁과 평화」 제2권 발표함. 둘째아들 일리야가 태어남.

1867년(39세) 「전쟁과 평화」가 처음으로 단행본으로 발간됨(3권).

1868년(40세) 3월 논문 「전쟁과 평화에 대하여」를 《러시아의 기록》 제3호에 발표함.

1869년(41세) 「전쟁과 평화」 전4권 완성하여 발표함. 셋째아들 레프가 태어남.

쇼펜하우어와 칸트에 심취함.

1870년(42세) 그리스어 연구, 그리스 고전을 탐독함.

1872년(44세) 「초등교과서」 발행함. 「카프카스의 포로」, 「신은 진실을 알고 있지만 이내 말하지는 않는다」 발표함.

1873년(45세) 3월, 최대 걸작 「안나 카레니나」 집필을 시작함. 9월, 화가 크람스코이에 의하여 처음으로 톨스토이의 초상이 야스나야 폴랴나에서 제작됨. 11월, 「톨스토이 저작집」(1~8권)이 간행됨. 12월, 아카데미 회원으로 뽑힘.

1874년(46세) 다시 「국민교육에 대하여」 발표함. 「초등교과서」 전 12권 재판이 나옴. 12월, 「새 초등교과서」 집필함.

1875년(47세) 1월, 「안나 카레니나」를 《러시아 통보》에 발표하기 시작함. 7월, 「새 초등교과서」 제1, 2, 3, 4권 발행.

1876년(48세) 이른바 '내적 위기', 즉 정신적 전환이 시작됨. 차이코프스키와 친교.

1877년(49세) 9월, 「안나 카레니나」 제8편이 단행본으로 출간됨.

1878년(50세) 다시 일기를 쓰기 시작함. 「고백」을 씀. 「안나 카레니나」가 단행본으로 출간됨(제2판).

1879년(51세) 「고백」의 첫 부분이 발표되었으나 판금됨. 「전쟁과 평화」 프랑스어판이 출간됨. 「고백」 집필을 계속함.

1880년(52세) 4월, 「교의신학비판」 발표함.

1881년(53세) 「사람은 무엇으로 사는가」, 「4개 복음서의 합일과 번역」, 「요약복음서」 발표함. 도스토예프스키의 사망 소식에 충격을 받음.

1882년(54세) 「고백」을 완성하여 《러시아 사상》 5월호에 발표했으나 판금됨. 「모스크바 주민 조사에 대하여」, 「악을 악으로 갚지 말라」, 「교회와 국가」 등을 발표함.

1883년(55세) 8월, 투르게네프가 세상을 떠남. 톨스토이는 크게 충격을 받음.

1884년(56세) 「우리는 무엇을 해야 하는가」 집필함. 6월 17일, 첫 가출을 시도함. 이튿날 막내딸 사샤가 태어남. 11월, 출판기관 '중개인' 사를 세움. 「내 신앙의 귀결」을 발표했으나 곧 판금됨. 젊었을 때부터 좋아하던 사냥을 중단함.

1885년(57세) 2월, 헨리 조지의 「토지국유론」을 읽고 감명을 받아 사유재산을 부정함. 이 때문에 아내와 의견이 대립되어 저작권을 아내의 소유로 돌림. '중개인' 에서 처음으로 그의 저작이 출간됨(「사람은 무엇으로 사는가」, 「신은 진실을 알고 있지만 이내 말하지는 않는다」, 「카프카스의 포로」). 10월, 「이반 일리이치의 죽음」 집필을 시작함. 「우리는 무엇을 해야 하는가」를 발표하기 시작함. 부인 소피야에 의해 「톨스토이 저작집」 전12권 간행됨. 민화 「두 형제와 황금」, 「사랑이 있는 곳에 신도 있다」, 「촛불」, 「두 노인」, 「바보 이반」 등을 창작함.

1886년(58세) 1월, 막내아들 알료샤가 세상을 떠남. 2월, 「우리는 무엇을 해야 하는가」 완결함. 9월, 「인생에 대하여」 집필을 시작함. 10월에 탈고한 희곡 「어둠의 힘」 발행과 상연이 금지됨. 「이반 일리이치의 죽음」 발표함. 「인생독본」의 기초가 된 「일력」 편찬에 착수함.

1887년(59세) 1월~2월, 중편 「빛이 있는 동안 빛 속을 걸어라」 집필함. 2월, 「어둠의 힘」 저작권을 포기함. 칸트의 「실천이성 비판」 읽음. 12월, 「인생에 대하여」를 탈고함. 「최초의 양조자」, 「머슴 예멜리얀과 빈 북」, 「세 아들」 등을 씀. 금주동맹을 결성함.

1888년(60세) 2월, 「어둠의 힘」이 파리의 자유극장에서 상연됨. 담배를 끊음. 3월, 막내아들 바녜치카 태어남. 초등학교 교사가 되기 위하여 원서를 제출하였으나 거절당함.

1889년(61세) 3월, 「예술이란 무엇인가」 집필을 시작함. 11월, 「악마」를 씀. 12월, 「크로이처 소나타」를 씀. 「부활」의 구상에 힘씀. 「각성할 때이다」, 「손의 노동과 지적 노동」을 씀.

1890년(62세) 「어째서 사람은 제 스스로를 마비시키는가」를 씀. 12월, 가출할 마음을 가짐.

1891년(63세) 2월, 희곡 「문명의 열매」가 모스크바에서 초연됨. 7월, 「굶주림에 우는 농민의 구제 방법에 대하여」를 씀. 뢰벤펠트가 감수한 독어판 『톨스토이 전집』이 간행됨.

1893년(65세)　『하나님 나라는 그대 안에 있다』를 탈고함. 7~8월 「무위」를 씀. 8~10월, 「종교와 국가」를 씀. 10월, 『노자』의 번역에 힘씀. 「하나님 나라는 그대 안에 있다」를 발표하자 당국은 그를 무정부주의자로 지목함.

1894년(66세)　1월, 모스크바 심리학회의 명예회원으로 선출됨. 11월, 「이성과 종교」를 탈고함. 12월, 「종교와 도덕」을 완성함. 「신의 고찰」을 발표. 「주인과 하인」을 쓰기 시작함. 두호보르 교도들과 처음으로 사귐.

1895년(67세)　3월, 「주인과 하인」 탈고함. 막내아들 바네치카 죽음. 최초의 유언장을 씀. 「부끄러워하라」를 발표함. 「열두 사도에 의해서 전해진 주의 가르침」 등을 씀.

1896년(68세)　「어둠의 힘」이 황실 극장에서 상연이 허가됨. 「복음서는 어떻게 읽을 것인가」, 「현대의 사회조직에 대하여」, 「애국심과 평화」 등을 씀.

1897년(69세)　「예술이란 무엇인가」 탈고함. 「하지 무라트」를 쓰기 시작함.

1898년(70세)　7월, 두호보르 교도 원조자금을 마련할 생각으로 미완의 구작 「세르게이 신부」와 『부활』을 팔기 위해 탈고를 서두름. 파스테르나크가 야스나야 폴랴나에서 『부활』의 삽화를 제작함.

1899년(71세)　3월, 「부활」을 《니바》 지에 발표함.

1900년(72세)　1월, 아카데미 예술원회원에 선출됨. 예술극장에서 체호프의 연극 「바냐 아저씨」를 관람한 뒤 희곡 「산송장」을 씀. 2~5월 「애국심과 정부」, 「죽이지 말라」를 씀.

1901년(73세)　2월, 정부의 어용기관인 종무원이 톨스토이를 그리스 정교회에서 파문함. 3~4월, 「파문의 명령에 대하여 보내는 회답」을 기초함. 9월, 전 가족과 크림에 갔으나 여기에서 티푸스와 폐렴을 앓아 중태에 빠짐. 「나의 종교」를 쓰기 시작함.

1902년(74세)　2월, 「나의 종교」를 탈고함. 5~6월, 「노동 대중에게」를 씀. 6월, 야스나야 폴랴나로 돌아옴.

1903년(75세)　4월, 「아시리아 왕 에사르하돈」을 씀. 단편 「무도회가 끝나고 나서」를 탈고함. 9월, 「셰익스피어와 희곡에 대하여」를 씀. 「노동과 죽음과 병」, 「세 가지 의문」, 「정신적 본원의 의의」, 「사회개혁자들에게」 등을 발표함.

1904년(76세)　5월, 「반성하라」를 발표. 6월, 「유년시절의 추억」 탈고함. 「인생독본」 편찬에 착수함. 비류코프의 역저 「대톨스토이전」 원고 교열. 「하지 무라트」를 완성함.

1905년(77세)　12월당원들의 수기와 게르첸의 작품을 읽음. 체호프의 단편 「귀여운 여인」의 발문을 씀. 「러시아의 사회운동」, 「푸른 지팡이」,

「코르네이 바실리예프」, 「알료샤 고르쇼크」, 「딸기」, 「기도」, 「세기의 종말」 등을 씀.

1906년(78세) 8월, 소피야 안드레예브나가 중병에 걸림. 10월, 「인생독본」이 간행됨. 11월, 「꿈을 꾸었던 일」을 씀. 「셰익스피어와 희곡에 대하여」, 「유년시절의 추억」, 「파스칼」, 「러시아 혁명의 의의」, 「죽이지 말라」, 「서로 사랑하라」 등을 발표함.

1907년(79세) 「너희 자신을 믿어라」, 「진정한 자유를 인정하라」, 「우리들의 인생관」 등을 발표함.

1908년(80세) 3월, 「폭력의 법칙과 사랑의 법칙」을 씀. 5월, 「나는 침묵할 수 없다」를 써서 사형집행의 부당함을 역설함. 「어린이들을 위한 그리스도의 가르침」, 「보스니아와 헤르체고비나의 병합에 대하여」 발표함. 「인생독본」의 개정 증보에 힘씀.

1909년(81세) 3~7월, 「불가피한 혁명」을 씀. 5월, 「세상에 죄인은 없다」를 씀. 11월, 처음으로 사후에 관한 유언장이 만들어짐. 「사형과 기독교」, 「유일한 계율」, 「누가 살인자냐」, 「고골리론」, 「나그네와의 대화」, 「마을의 노래」, 「돌」, 「큰곰자리」, 「나그네와 농부」, 「오를로프의 앨범」 등을 저술함.

1910년(82세) 1월, 문집 「인생의 길」 편집함. 2월, 단편 「호드인카」 씀. 3월, 희곡 「모든 것의 근원」을 완성함. 단편 「모르는 사이에」, 「마을의 나

흘 동안」, 「뜻밖에」 탈고함. 7월 22일, 최후의 정식 유언장이 만들어짐. 8~9월, 「세상에 죄인은 없다」를 개작함. 10월 28일 새벽, 아내 소피야 안드레예브나에게 마지막 쪽지를 남기고 의사 마코비츠키를 데리고 집을 나옴. 10월 26~29일, 최후의 저술인 논문 「유효한 수단」을 탈고함. 10월 31일, 여행 도중 병이 위중해져 랴잔—우랄선의 한 시골 역인 아스타포보에서 차를 내림. 11월 3일, 일기에 마지막 감상을 적음. 11월 7일(신력20일), 오전 6시 5분 역장 집에서 눈을 감음. 11월 9일, 고향 야스나야 폴랴나에 묻힘.